DÖRLEMANN

Mary Gaitskill

Der verschwundene Kater

Aus dem Amerikanischen
von Manfred Allié

DÖRLEMANN

Das Original »Lost Cat« ist im Sommer 2009
in der Literaturzeitschrift *Granta*, Ausgabe 107 erschienen.

Umschlaggestaltung: Mike Bierwolf
Satz: Dörlemann Satz, Lemförde
Druck und Bindung: GGP Media GmbH, Pößneck
ISBN 978-3-03820-004-8
www.doerlemann.com

Fast zwei Jahre ist es her, dass mein Kater Gattino verschwunden ist. Er war noch sehr klein, ein Katzenkind, mit sieben Monaten noch nicht einmal ein Teenager. Wahrscheinlich ist er tot, aber ich kann es nicht mit Sicherheit sagen. Noch zwei Wochen nach seinem Verschwinden gab es Leute, die berichteten, sie hätten ihn gesehen; in zwei Fällen glaubte ich diesen Leuten, denn Gattino war auf einem Auge blind, und beide berichteten, im Scheinwerferlicht des Autos habe nur eines zurückgefunkelt. Einer, der meinen Kater an einer Mülltonne gesehen haben wollte, sagte, er habe »richtig dünn« ausgesehen, »der Mickrigste aus dem Wurf«. Der Ausdruck versetzte mir einen Stich ins Herz. Aber ich hörte über die Worte hinaus etwas in der Stimme des Mannes, etwas in dem groben, kraftmeierischen Ton, das für mich gleich ein ganz anderes Bild des Katers heraufbeschwor: der Rücken gekrümmt, das Gesicht furchtsam, aber wach, lebendig, wie er zum Sprung ansetzt, um davonzulaufen, der Schwanz misstrauisch, gebogen und gespannt. Furchtsam doch bereit; erschrocken vor diesem großen Mann, so wäre er gewesen. Selbst wenn er schwach war vor Hunger. Er hatte Mumm, dieser Kater.

Gattino ging zweieinhalb Monate nach unserem Umzug verloren. Unser neues Haus liegt ganz am Rand eines College-Campus gleich bei einem Wildreservat. In alle Richtungen erstreckt sich Wald, und viele Häuser mit halb verfallenen Anbauten stehen schwer und flach und düster, von Bäumen verborgen, in dem dichten Grün. Stundenlang, immer wieder, bin ich durch die Gegend gezogen und habe Gattino gerufen. Ich habe Futter für ihn hingestellt. Ich habe eine Falle aufgestellt. Ich habe hunderte von Steckbriefen ausgehängt. Ich habe an die Türen der Häuser geklopft, habe Leute gefragt, ob ich

Verirrter Kater braucht Hilfe

Gattino ist ein sieben Monate alter, schlanker, grau getigerter Kater, Flecken und Streifen stark ausgeprägt. Er ist auf dem rechten Auge blind. Wenn Sie ihn finden, rufen Sie bitte Mary unter 845-758-4598 oder Peter unter 845-758-2703 an. Er mag wirken wie ein Streuner, weil er dünn ist, ein schlimmes Auge und einen chronischen Husten hat. Aber er hat ein Zuhause, und wir sind sehr traurig, dass er fort ist.

in ihrem Schuppen oder unter ihrer Veranda nachsehen darf. Ich habe mich bei sämtlichen Tierärzten der Gegend erkundigt. Alle paar Tage riefen Leute an und erzählten, dass sie auf einem Parkplatz eine Katze gesehen hätten, oder hinter ihrem Studentenheim. Ich ging jedes Mal hin, und bisweilen sah ich noch ein tattriges altes Tier im Wald verschwinden, hinter dem Haus oder unter einem geparkten Wagen.

Nach zwei Wochen kamen keine solchen Meldungen mehr. Ich fing drei verwilderte Katzen in meiner Falle und ließ sie wieder frei. Es fing an zu schneien. Ich suchte noch immer weiter, und manchmal sah ich kleine Katzenspuren im Schnee; da wo die großen Mülltonnen standen, fand ich auch Abdrücke von Rotluchsen und Kojoten. Mit dem Frost kam Eisregen. Nach einem Monat gab ich die Suche auf. Beinahe jeden Tag saß ich am Fenster unseres Hauses und blickte hinaus auf das Feld. Tränen strömten mir über die Wangen.

Ein halbes Jahr nach Gattinos Verschwinden saßen mein Mann und ich in einem Restaurant, zum Abendessen mit ein paar Leuten, die er vor kurzem kennengelernt hatte, darunter ein Schriftsteller, ein Intellektueller, den wir beide bewunderten. Der Schriftsteller hatte den Kauf des Hauses erwogen, in dem wir jetzt wohnten, und wollte wissen, wie es uns gefiel. Ich sagte ihm, es sei ein schönes Haus, doch jetzt sei mir durch den Verlust unserer Katze die Freude daran ein wenig verdorben. Ich erzählte ihm die Geschichte, und er fragte: »Und das ist also Ihr Trauma?«

Ich antwortete mit Ja. Ja, ein Trauma.

Man könnte sagen, er sei grausam gewesen. Man könnte sagen, ich war dumm. Man könnte sagen, er sei selbstgefällig gewesen. Man könnte sagen, ich war schwach.

Ein paar Monate zuvor hatte ich mit meiner Schwester Martha Mails zum Thema Trauma gewechselt, oder besser gesagt zum

Tragischen. Unsere andere Schwester Jane hatte eben beschlossen, ihre todkranke Katze nicht einschläfern zu lassen, weil sie fürchtete, ihre kleinen Mädchen könnten es nicht ertragen; sie fürchtete, sie selbst könne es nicht ertragen. Jane lebt mit chronischen Schmerzen, manchmal so schlimm, dass sie sich kaum noch bewegen kann. Sie ist ständig in Geldnot und muss sich oft um ihre Schwiegermutter kümmern, dazu um die verwaisten Kinder ihrer Schwägerin, die an Krebs gestorben ist. Doch der nahende Tod ihrer Katze war es, der sie dermaßen zum Weinen brachte, dass die Kinder Angst bekamen. »Das ist grausig«, sagte Martha. »Man tut dieser Katze nichts Gutes, wenn man sie am Leben lässt, man verlängert nur ihr Leiden. Es ist selbstsüchtig.« Auch Martha leidet oft an schweren Schmerzen, von denen die meisten von Diabetes und Fibromyalgie herrühren. Sie hat solche Schmerzen in den Füßen, dass sie nicht länger als fünf Minuten auf den Beinen bleiben kann. Sie bemüht sich um Behindertenrente, aber da solche Renten praktisch überhaupt nicht mehr bewilligt werden, bekommt sie wohl auch keine, und wenn doch, wird sie zum Leben nicht reichen, und wir müssen aushelfen. Wir müssen ihr jetzt schon unter die Arme greifen, denn die Kosten für die Krankenversicherung – sie hat die billigste Variante – sind so hoch, dass sie sie von ihrem Arbeitslosengeld nicht bezahlen kann. Auch das ist schmerzlich für sie; sie ist nicht gern auf die Hilfe anderer angewiesen. Und darum möchte sie gern *uns* helfen.

Jahrelang hatte sie selbst Katzen und hält sich deshalb für eine Art Expertin. Sie wollte Jane beistehen, ihr einen Rat geben und schrieb mir mehrere Mails, um zu fragen, wie sie das am besten anstellt. Schließlich schickte sie mir die Nachricht weiter, die sie an Jane gesandt hatte und in der sie sie drängte, die Katze einschläfern zu lassen. Als von Jane keine Antwort kam, schrieb sie weitere Mails an mich, haderte, ob Jane es ihr übelgenommen hatte oder nicht, überlegte, welche Entscheidung sie in puncto Katze wohl treffen würde. Sie schrieb: »Ich fürchte, so oder so wird es eine Tragödie.«

Ich verlor allmählich die Geduld und antwortete, sie solle doch einfach darauf vertrauen, dass Jane schon die richtige Entscheidung fällen werde. Die Sache sei traurig, schrieb ich, nicht tragisch. Eine Tragödie sei es, wenn Tausende von Menschen nach und nach durch Krieg und Krankheit stürben, an Verstümmelungen, Unterernährung. Tragisch sei der Hurrikan Katrina, der Krieg im Irak, das Erdbeben in China. Es sei nicht tragisch, wenn ein einzelnes Geschöpf sterbe, weil es alt ist.

Nachdem ich die Mail abgesendet hatte, schlug ich das Wort »tragisch« nach. Laut Websters Wörterbuch hatte ich unrecht; als zweite Bedeutung heißt es dort: »außerordentlich trauervoll, bekümmernd oder mitleiderregend«. Ich schrieb Martha, dass ich unrecht gehabt habe, zumindest im lexikalischen Sinn. Ihr Verhalten, fügte ich hinzu, scheine mir allerdings nach wie vor hysterisch. Sie antwortete nicht. Wahrscheinlich nur vernünftig.

Ich hatte Gattino in Italien gefunden. Ich war in der Toskana zu Besuch bei Beatrice von Rezzori, die zum Gedenken an ihren verstorbenen Mann, den Schriftsteller Gregor von Rezzori, aus ihrem Landsitz Santa Maddalena einen kleinen Rückzugsort für Literaten gemacht hat. Beatrice wusste, dass ich Katzen liebte, und erzählte mir, am anderen Ende der Straße wohnten zwei alte Frauen, die einen ganzen Hof voller halbwilder Katzen fütterten, darunter ein Wurf Kätzchen, die furchtbar krank seien und erblindeten. Vielleicht, meinte sie, könne ich ihnen helfen. Nein, antwortete ich, dazu sei ich nicht nach Italien gekommen; ich hatte so etwas auch vorher schon versucht und wusste, dass es nicht leicht war, ein streunendes Kätzchen zu fangen und zu zähmen. »Oh«, sagte sie, »ich dachte, Sie mögen Katzen.«

In der Woche darauf fuhr eine ihrer Angestellten mich ins Dorf und fragte, ob ich ein paar Kätzchen sehen wolle. Gern, sagte ich – der Zusammenhang ging mir nicht auf. Wir hielten an einem alten Bauernhaus. Eine verhutzelte Frau im Rollstuhl, in Tücher und eine dünne Decke gepackt, begrüßte die Angestellte, würdigte mich aber keines Blickes. Dürre Katzen auf langen Beinen, Hüften schmal wie Frettchen, streunten umher, lagen und saßen in dem schäbigen überwachsenen Hof. Zwei Kätzchen, die Augen gelb verklebt, den Hintern von Fliegen umschwärmt, waren sichtlich krank, aber doch noch munter – als ich mich bückte und nach ihnen fassen wollte, liefen sie davon. Doch ein dritter Kleiner, schmächtiger und magerer als die anderen beiden, kam auf unsicheren Pfoten unter armseligem Maunzen auf mich zu, und die Augen waren ihm fast zugeklebt. Er war getigert, hellgrau mit kräftigen schwarzen Streifen. Er hatte eine lange Schnauze und eine große Nase, die aussah wie die Radiergummis, die man oben auf einen Bleistift steckt. Mit dem großen Kopf auf dem ausgemergelten, wasserbäuchigen Körper und den grotesk langen Beinen sah er wie ein Kobold aus. Sein Anus wirkte unverhältnismäßig groß an dem dürren Hintern. Benommen ließ er sich von mir den knochigen Rücken kraulen – zaghaft hob er den kümmerlichen Schwanz. Ich fragte die Angestellte, ob sie mir helfen würde, die Kätzchen zum Tierarzt zu bringen, und sie sagte Ja. Zweifellos war das von Anfang an der Plan gewesen.

Die gesünderen Kätzchen sprangen davon, als wir uns näherten, und versteckten sich in einer baufälligen Scheune; nur den Getigerten bekamen wir zu fassen. Als wir ihn in den Tragekorb steckten, riss er mit großer Anstrengung die Augen auf, sah uns genau an, fauchte, wollte einen Buckel machen und fiel dabei um. Er wehrte sich nicht, als der Arzt ihn untersuchte. Als sie ihn am Schwanz hoben, um sein Geschlecht zu bestimmen, stand ihm ein vornehmer, beinahe menschlicher

Blick, eine Art verlegener Würde, in dem einen halb guten Auge; die stumpfe Schnauze hingegen zeigte stoische Animalität. Es war ein lustiges, rührendes Gesicht.

Sie behielten ihn für drei Tage in der Praxis. Als ich ihn wieder abholen kam, sagten die Leute mir, er werde wochenlang Pflege brauchen, mit Augentinktur, Ohren- und Nasentropfen. Beatrice schlug vor, ich solle ihn mit nach Amerika nehmen. Nein, antwortete ich, das sei unmöglich. In einem Monat sollte mein Mann nachkommen, und zwei Wochen lang würden wir auf Reisen sein – da konnten wir ihn nicht mitnehmen. Bis dahin wollte ich ihn versorgen, und bei meinem Aufbruch würde ich ihn auf den Hof zurückbringen, mit einer echten Chance, sich durchzuschlagen.

Deswegen taufte ich ihn »Chance«. Ich mochte Chance, so wie ich alle Katzenkinder mag; er mochte mich, weil ich ihn fütterte. Ich musste ihn entwurmen und entflöhen, ich musste ihm den verkrusteten Kot vom

Schwanz waschen. Er wand sich, wenn ich ihm Medizin in Augen und Ohren träufelte, aber nie hat er versucht, mich zu kratzen – ich glaube, weil er nicht genau abschätzen konnte, wie ich darauf reagiert hätte. Er ließ es zu, dass ich ihn streichelte, aber er nahm es wohl eher als neue Erfahrung, nicht als Vergnügen.

Dann, eines Tages, sah er mich anders an. Ich weiß nicht genau, wann es war – vielleicht habe ich es beim ersten Mal nicht bemerkt. Aber jetzt hob er den Kopf, wenn ich ins Zimmer kam, und blickte mich forschend an. Ich kann nicht mit Sicherheit sagen, was dieser Blick bedeutete, ich weiß nicht, was Tiere denken oder empfinden. Aber ich fand, aus der Art, wie er mich ansah, sprach Liebe. Er folgte mir durch die Wohnung. Er setzte sich auf meinen Schoß, wenn ich am Schreibtisch saß und arbeitete; er kam zu mir ins Bett und schlief bei mir; er wiegte sich in den Schlaf, indem er sanft an meinen Fingern knabberte. Wenn ich ihn streichelte, reckte er mir seinen Körper in meiner Hand entgegen. Wenn ich mit dem Gesicht ganz nahe heranging, streckte er die Pfote aus und streichelte mich an der Wange.

Bisweilen ging ich auf den staubigen Straßen rund um Beatrices Besitz spazieren und dachte dabei über meinen Vater nach, führte in Gedanken Gespräche mit ihm. Mein Vater war im Krieg in Italien gewesen, er hatte zu den Landungstruppen in Anzio gehört. Nach dem Krieg kehrte er mit meiner Mutter als Besucher nach Neapel und Rom zurück. Es gibt ein Bild von ihm, wie er an einer alten Mauer steht, im Anzug mit einer Kappe auf dem Kopf; er sieht elegant aus, stattlich, aber zugleich schüchtern, beinahe verlegen. Auf meinen Spaziergängen trug ich eine große, wunderschöne Murmel bei mir, die meinem Vater gehört hatte; manchmal holte ich sie aus der Tasche und hielt sie in die Sonne, als könne sie eine Verbindung herstellen zu seiner Seele.

Mein Vater starb einen langsamen, qualvollen Krebstod, verweigerte jede Behandlung, und so lange er sich noch verständigen konnte, hauchte er »kein Arzt, kein Arzt«. Meine Mutter hatte ihn Jahre zuvor verlassen. Meine Schwestern und ich kümmerten uns um ihn, aber nicht gut genug, und es war zu spät – er war seit Monaten krank, konnte seit Wochen, wenn nicht länger, nicht mehr richtig essen, bevor wir seinen Zustand bemerkten. Es waren Wochen, in denen ich überlegt hatte, ob ich anrufen soll; hätte ich es getan, hätte ich sofort gemerkt, dass er sterbenskrank war. Aber ich habe es nicht getan. Er war ein schwieriger Mensch, und keine von uns rief ihn oft an. Einmal, als ich die Murmel in die Sonne hielt, überlegte ich, ob ein kleines bisschen von der Seele meines Vaters in diesem Kätzchen wiedergeboren war, damit ich noch einmal eine Gelegenheit bekam, ihn mehr zu lieben. In Wirklichkeit glaubte ich das nicht. Aber der Gedanke ging mir durch den Kopf. Mein Vater war auch ein Waisenjunge gewesen.

Meinem Mann gefiel der Name Chance nicht, mir eigentlich auch nicht so richtig. Er wollte ihn McFate nennen, Sohn des Schicksals, und ich versuchte es damit. McFate wurde kräftiger, entwickelte eine gewisse einäugige Verwegenheit, eine Art, die Ohren aufzurichten, die ihm etwas Unternehmungslustiges gab, Wagemut sprach aus dem gereckten Hals bei dem zerbrechlichen Körper. Er nahm zu, die langen Beine und der schlanke Schwanz wirkten nun edel und nicht mehr grotesk. Ein Fellstreifen lief ihm wie ein Band um den Hals; wenn er sich beim Kraulen auf den Rücken rollte, zeigte er seinen beigefarbenen Bauch, gefleckt wie der eines Ozelots. In Momenten des Selbstvertrauens war er wie ein kleiner Gangster im schneidigen Anzug. In nachdenklicher Stimmung wirkte er noch sehr zart; sein Herz schien mir näher an der Oberfläche zu liegen als normal, und wenn ich ihn an mich drückte, pochte es sehr schnell und schwach. McFate war ein zu großer und gnadenloser

Name für ein Geschöpf mit einem so kleinen, schwachen Herzen. *»Mio Gattino«*, flüsterte ich in einer Sprache, die ich nicht spreche, einem Geschöpf zu, das keine Worte verstand. *»Mio dolce piccolo gatto.«*

Einmal, als er auf dem Rücken in meinem Schoß lag und schnurrte, sah ich plötzlich auf dem Fußboden etwas aufblitzen; es war eine kleine, himmelblaue Murmel, die unter der Kommode hervorgekommen war und über den Boden rollte. Mitten im Zimmer blieb sie liegen. Sie war schön und strahlend, und etwas mir Unsichtbares hatte sie in Bewegung gesetzt. Es schien mir ein magisches, versöhnliches Zeichen, genau wie die Gegenwart dieses liebevollen kleinen Katers. Ich legte sie aufs Fensterbrett neben die Murmel meines Vaters.

Am Telefon fragte ich meinen Mann, ob wir Gattino nicht mit nach Hause nehmen könnten. Ich erklärte ihm, dass ich mich in den Kater verliebt hätte und dass ich mir nun

Sorgen machte, ich hätte, indem ich ihm menschliche Liebe zeigte, in ihm eine Gegenliebe geweckt, die unnatürlich und womöglich zu groß für ihn war. Ich hätte Angst, dass er, wenn ich ihn jetzt zurückließe, an einer Einsamkeit leiden müsste, die er nie gekannt hätte, wenn ich nicht bei ihm auf dem Hof aufgekreuzt wäre. Mein Mann sagte »Ach, Mary …«, aber doch in nachdenklichem Ton.

Ich hätte Verständnis, wäre sein Ton strenger gewesen. Viele würden meine Gefühle für neurotisch halten, eine Projektion meiner eigenen Einsamkeit und Ängste auf ein Tier darin sehen. Viele würden es geradezu anstoßerregend finden, dass ich ein Tier mit solcher Liebe überschüttete, wo ich doch gewissermaßen darin versagt hatte, meine Mitmenschen zu lieben: Waisenkinder zum Beispiel, von denen jedes Tag für Tag zu leiden hat – nicht ein einziges habe ich adoptiert. Aber ich habe Menschen geliebt; ich habe Kinder geliebt. Und ich malte mir aus, das, was zwischen mir und den Kindern, die ich mit meiner Liebe bedacht hatte, vorgegangen war, würde nun auch zwischen mir und dem Kätzchen geschehen. Menschenliebe ist etwas sehr Unvollkommenes, und selbst da, wo sie es nicht ist, verstehen die Menschen sie in der Regel miss, weisen sie zurück, missbrauchen oder manipulieren sie. Es ist schwer, Menschen, die man liebt, vor Schmerz zu bewahren, denn Menschen wählen oft ausdrücklich den Schmerz; ich selbst bin jemand, der oft den Schmerz wählt. Ein Tier würde niemals freiwillig den Schmerz wählen; ein Tier kann Liebe viel leichter empfangen als selbst ein sehr junger Mensch. Und so fand ich, dass es möglich sein sollte, ein Kätzchen mit Liebe zu beschützen.

Ich traf mit dem Tierarzt alle Vorkehrungen für einen Impfpass; Gattino ließ es über sich ergehen, dass ihm ein Mikrochip als Kennzeichnung in die schmale Schulter eingepflanzt wurde. Beatrice befand, sie könne ihn nicht bei sich im Haus behalten, und so wurde abgesprochen, dass er für die zwei Wochen, die Peter und ich auf Reisen gehen wollten, beim Tierarzt in Pension kam.

Peter traf ein; Gattino sah ihn an und versteckte sich dann unter der Kommode. Peter kniete sich hin und redete leise mit ihm. Dann legten er und ich uns auf das Bett und nahmen uns in den Arm. Sofort hatte Gattino die Situation verstanden: Der Mann war angekommen. Er war freundlich. Wir konnten jetzt alle drei zusammen sein. Er kam aufs Bett, setzte sich auf Peters Brust und schnurrte stürmisch. Die ganze Nacht hindurch blieb er auf Peters Brust.

Am nächsten Tag brachten wir ihn in seine Unterkunft. Der Zwinger war keine vornehme Katzenstation, wie man sie in den besseren amerikanischen Tierkliniken findet. Es war ein Raum, den sich alle teilten, und er roch nach Desinfektionsmittel und Furcht. Der Arzt steckte Gattino in ein Abteil neben einem riesigen wütenden Hund, der knurrte und bellte und gegen die Tür seines Käfigs sprang. Gattino sah mich an und weinte. Ich weinte ebenfalls. Der Hund tobte. Es gab ein kleines Bett in Gattinos Abteil, und dahinter versteckte er sich, dann hob er trotzig den Kopf in Richtung des großen Geknurrs; damals sah ich zum ersten Mal den vom Schrecken gezeichneten und doch kampfbereiten Ausdruck bei ihm, die Bereitschaft, sich allem zu stellen, was immer da kommen mochte, egal wie groß und gnadenlos es auch war.

Auf dem Rückweg vom Tierarzt weinte ich so sehr, dass Beatrices Fahrer, ein Mann namens Carlo, bei einem Brunnen am Straßenrand hielt, um mir Wasser zu holen. Auf Italienisch sagte er zu meinem Mann: »Wenn ich sterbe, dann möchte ich als Marys Katze wiedergeboren werden. Nie habe ich gesehen, dass ein Mensch etwas dermaßen liebt.« Aber meine Tränen galten nicht nur meinem Kätzchen, genauso wenig wie es bei denen meiner Schwester Jane allein um den Gnadentod für ihre alte Katze ging. Damals war mir das nicht klar, aber ich weinte nicht zuletzt um die Kinder, die ich einmal als meine eigenen angesehen hatte.

Caesar und seine Schwester Natalia sind heute zwölf und sechzehn Jahre alt. Als wir sie im Jahr 2002 zum ersten Mal sahen, waren sie sechs und zehn. Ihn lernten wir als Ersten kennen. Er wurde uns durch den *Fresh Air Fund* vermittelt, eine Organisation, die arme Stadtkinder (fast durchweg Schwarze oder Latinos) per Bus zum Besuch bei reichen Familien (fast durchweg Weißen) auf dem Land bringt. Der Fresh Air Fund ist ein Verein, der von einer erhebenden, optimistischen Aura umweht wird, aber das Projekt ist nicht einfach, und, ehrlich gesagt, es riecht nach Schmerz. Neben Caesar hatten wir noch einen weiteren kleinen Jungen zu Gast, den siebenjährigen Ezekiel. Man muss sich nur vorstellen, man wäre sechs oder sieben Jahre alt und würde in der Großstadt zu einem riesigen Busbahnhof gebracht, würde mit Dutzenden von anderen Kindern, alle mit einem großen Namensschild um den Hals, in einen Bus gesteckt, käme nach drei Stunden Fahrt an einem vollkommen fremden Ort an und würde vollkommen fremden Leuten vorgestellt, bei denen man zwei Wochen lang wohnen soll. Dazu kommt, dass diese vollkommen Fremden, selbst die, die nicht reich sind, in größerem Wohlstand leben, als man sich je vorstellen konnte, sie sind viel größer als man selbst, und da man in ihrem Haus wohnt, wird erwartet, dass man ihnen gehorcht. Und sie sind weiß wie Bettlaken. Man darf nicht vergessen, selbst sehr junge schwarze Kinder haben oft schon erfahren, dass Weiße ihre Feinde sind. Man fragt sich, wer um Gottes willen je auf diese Idee verfallen konnte.

Und noch ein weiterer Punkt: Wir wollten diese Kinder lieb haben. Ich hatte mir vorgestellt, wie ich ihnen Essen koche, wie ich ihnen abends etwas vorlese, sie ins Bettchen stecke. Peter stellte sich sportliche Spiele auf dem Rasen vor, gemeinsame Fahrradfahrten. Dass es da Rassen- und Klassenspannungen gab, war uns klar. Wir dachten, das würden wir schon bewältigen. Man kann sagen, wir waren idealistisch. Man kann sagen, wir waren selbstsüchtig und dumm. Ich weiß nicht, was wir waren.

Eigentlich hatten wir nur ein Kind aufnehmen sollen, und zwar Ezekiel. Caesar bekamen wir, weil jemand vom FAF uns von unterwegs aus einem Bus voller Kinder anrief. Seine Gasteltern hatten in letzter Minute wegen eines Todesfalls in der Familie abgesagt. Ob wir ihn nehmen könnten? Wir nahmen ihn, weil wir uns ohnehin Gedanken gemacht hatten, wie wir ein einzelnes Kind unterhalten sollten, dem wir keine Spielgefährten bieten konnten; ich ließ mir von der FAF-Frau versprechen, dass sie sich etwas einfallen lassen würden, wenn wir nicht zurechtkamen. Natürlich kamen wir nicht zurecht. Und natürlich ließen sie sich nichts einfallen. Die beiden Jungs konnten einander nicht ausstehen, oder genauer gesagt konnte Ezekiel Caesar nicht ausstehen. Caesar war jünger und in jeder Hinsicht verletzlicher, weniger artikuliert, hatte weniger Selbstvertrauen, keinerlei sportliche Fähigkeiten. Ezekiel war geschmeidig, mit muskulösen Gliedern und gnadenlos symmetrischen Zügen, was seinem von Natur aus ausdrucksvollen Gesicht bisweilen etwas Kaltes, Maskenhaftes gab. Caesar war groß und dick, mit tiefliegenden Augen und weichen Gesichtszügen, so üppig, dass sie beinahe unscharf an den Rändern wirkten. Ezekiel war ein kluger Quälgeist, unerbittlich in seinem Spott, und Caesar konnte nur mit einem blöde geplapperten »Ich mach dich alle!« antworten.

»Hört mal«, sagte ich, »ihr zwei müsst euch ja nicht mögen, aber ihr müsst miteinander auskommen. Wollt ihr denn nicht eigentlich lieber miteinander auskommen?«

»Nein!«, schrien sie beide.

»Er ist hässlich!«, fügte Ezekiel hinzu.

»Halt den Mund, Ezekiel«, sagte ich. »Wir sind alle hässlich, verstanden?«

»Genau«, sagte Caesar, dem dieser Gedanke sehr gefiel. »Wir sind alle hässlich!«

»Nein«, sagte Ezekiel, und seine Stimme triefte vor Bosheit, »*du* bist hässlich.«

»Noch ein Versuch«, sagte ich. »Wollt ihr euch vertragen?«

»Na gut«, sagte Caesar. »Ich will mich mit dir vertragen, Ezekiel.« Und man hörte das sanfte, großzügige Wesen in seiner Stimme. Man hörte es sogar, wenn er »Ich mach dich alle!« rief. Sanftmut drückt sich zuweilen mit der Heftigkeit von Schmerz und Furcht aus und wirkt deshalb wie Aggression. Zuweilen hat Grausamkeit ein bezauberndes Lächeln.

»Nein«, sagte Ezekiel lächelnd. »Ich hasse dich.«

Caesar senkte den Blick.

Ich will nicht behaupten, dass ich damals in Italien bedrückt wegen der Kinder gewesen wäre. Zu der Zeit war mir noch nicht klar, wie viel es gab, dessentwegen ich bedrückt sein sollte. Ich schickte ihnen Ansichtskarten; ich kaufte kleine Geschenke für sie. Wir waren für eine Woche nach Florenz gefahren. Es war schön dort, doch voller Menschen und heiß, und ich war zu traurig und zu verwirrt, um es zu genießen. Beinahe jeden Tag fiel ich den Leuten beim Tierarzt mit meinen Anrufen zur Last und fragte, wie es Gattino gehe. »Dem geht's gut«, sagten sie. »Der Hund ist nicht mehr da. Ihre Katze spielt.« Ich fand keine Ruhe. Ich hatte Albträume; mir träumte, dass ich mein Kätzchen in einen glutheißen Ofen gesteckt hatte, und ich sah ihm bei seinem aussichtslosen Versuch zu, sich zu schützen, indem er sich zu einer Kugel zusammenrollte; ich schrie vor Schmerz bei dem Anblick, konnte aber, was ich getan hatte, nicht rückgängig machen.

Peter zog Ezekiel vor, und Caesar wusste das. Mir war Caesar um vieles lieber, aber unsere ursprüngliche Verpflichtung waren wir gegenüber Ezekiel und seiner Mutter eingegangen, mit der wir auch telefoniert hatten. Also rief ich die Vertreterin des FAF an und bat sie, für Caesar eine andere Gastfamilie zu suchen. »Na toll«, fuhr sie mich an. Aber sie fand dann doch jemanden. Es hörte sich gut an: eine alleinstehende Frau, ehemalige Lehrerin, die schon einen anderen Jungen zu Gast hatte, den mir die Frau vom Fresh Air Fund als verantwortungsvoll und freundlich beschrieb, kein Schläger. »Aber sagen Sie ihm nicht, dass er anderswohin kommt«, sagte sie. »Ich hole ihn einfach ab und erzähle ihm, wir gingen zu einer Pizza-Party. Seine Sachen können Sie später vorbeibringen.«

»Einverstanden«, sagte ich, und dann ging ich gleich darauf in den Park und erklärte es ihm. Ich sagte »Du magst Ezekiel nicht, nicht wahr?«, und er antwortete »Nein, ich hasse ihn«. Ich fragte, ob er lieber anderswohin wolle, wo es einen Jungen gäbe, der nett zu ihm wäre, es sei ein Haus mit Swimmingpool und – »Nein«, sagte er, »ich will bei dir und Peter bleiben.« Ich konnte es nicht glauben – ich hatte nicht gemerkt, wie anhänglich er geworden war. Aber er war nicht umzustimmen. Dreimal schnitt ich das Thema an, aber bei keinem dieser Versuche sagte ich ihm, dass es bereits entschieden war. Ich schob ihn auf der Schaukel an, und er rief: »Mary! Mary! Mary!« Und dann nahm ich ihn wieder mit nach Hause und verriet ihn.

Peter schickte Ezekiel ins Zimmer nebenan, und wir ließen Caesar sich setzen und sagten ihm, dass er gehen müsse. »Nein«, sagte er. »Schickt den anderen Jungen weg.«

Ezekiel kam wieder ins Zimmer.

»Schickt ihn weg!«, rief Caesar.

»Ha, ha«, höhnte Ezekiel, »*du* gehst weg!«

Die Frau vom FAF traf ein. Ich erklärte ihr, was vorging. Sie sagte: »Lassen Sie mich das machen.« Und sie übernahm. Sie sagte: »Also, Caesar, die Sache ist so. Du solltest eigentlich zu einer anderen Familie, aber dann ist in der Familie jemand gestorben, und deswegen konntest du dort nicht hin.«

»Jemand ist ge*storben*?«, fragte Caesar.

»Ja. Peter und Mary waren so freundlich und haben dich für ein paar Tage bei sich aufgenommen; aber jetzt ist es Zeit, dass du –«

»Ich will hierbleiben!«, schrie Caesar und klammerte sich an die Matratze.

»Caesar«, sagte die FAF-Frau. »Ich habe mit deiner Mutter gesprochen. Auch sie möchte, dass du gehst.«

Caesar blickte auf und sah sie einen Moment lang forschend an. »Lady«, sagte er, »Sie sind ein Lügner.« Und das stimmte, da bin ich mir sicher. Es war so gut wie unmöglich, Caesars Mutter ans Telefon zu bekommen, und sie sprach kein Englisch.

Das war wahrscheinlich auch der Grund, warum die FAF-Frau schrie, regelrecht schrie: »Wie kannst du es wagen, mich eine Lügnerin zu nennen? Wage es ja nicht noch einmal, mich eine Lügnerin zu nennen!«

Caesar schluchzte, kroch übers Bett, klammerte sich an die Matratzenecke; ich robbte ihm nach und wollte ihn in den Arm nehmen. Er schrie: »Und du bist auch ein Lügner, Mary!«, und ich zog mich beschämt zurück.

Die Frau vom FAF machte ein nobles und sichtlich unaufrichtiges Angebot. »Caesar«, sagte sie, »wenn du willst, kannst du mit mir kommen und bei mir und meiner Familie bleiben. Wir haben eine große Farm und Hunde und –«

»Ich würde nie bei Ihnen bleiben, Lady!«, schrie er. »Sie sind widerlich! Ihre ganze Familie ist widerlich!«

Ich lächelte, so sehr bewunderte ich dieses Kind.

»So, widerlich bin ich!«, rief die Frau. Dann packte sie ihn und zerrte ihn die Treppe hinunter, und von der Treppe hörte ich ihn noch brüllen: »Immer schicken sie mich weg!«

Ezekiel flitzte hin und her, versperrte einen Moment lang sogar den Ausgang, als wolle er nicht, dass Caesar weggebracht würde, sein Körper sagte: Bitte tut das nicht. Doch seine Lippen flüsterten gehässig: »Ha! ha! Du musst weg! Ha! ha!«

Ich ging nach unten und sah zu, wie Peter den schluchzenden kleinen Jungen zu dem riesigen Geländewagen der Frau schleppte. Hinter mir, auf der anderen Seite der Fliegentür, hüpfte Ezekiel auf und ab, verhöhnte mich mit unzusammenhängenden Worten und schluchzte jetzt auch, atemlos vor Erregung und schlechtem Gewissen.

Sanftheit kann grob sein, Grausamkeit ist bisweilen so eng mit Sanftheit und Empfindsamkeit verbunden, dass der Grausame am Ende seine eigene Seele kränkt und beschämt. Tiere können so etwas nicht. Deshalb ist es so viel einfacher, ein Tier zu lieben. Ezekiel liebte Tiere; zu ihnen war er niemals grausam. Immer wenn er ins Haus kam, begrüßte er unsere beiden Katzen mit einem Streicheln. Selbst die schüchterne von beiden, Christina, mochte ihn und ließ sich anfassen. Caesar andererseits war grob und unachtsam – und wollte dennoch von den Katzen gemocht werden. Die beiden stritten sich auch darum, welchen von ihnen Peters Kater Bitey mehr mochte.

Am dritten Tag in Florenz rief ich Martha an – die Schwester, der ich später vorwarf, dass sie wegen einer Katze hysterisch sei – und bat um Hilfe. Ich bat sie, übersinnliche Verbindung zu Gattino aufzunehmen. Sie versprach es mir. Sie ermahnte mich, ich müsse es ebenfalls tun. »Er braucht Bestätigung«, sagte sie. »Du musst ihm jeden Tag neu sagen, dass du zurückkommst.«

Ich weiß, wie albern das klingt. Ich weiß, wie albern es ist. Aber ich musste mich an etwas festhalten, aus dem Liebe sprach. Ich musste danach greifen, auch wenn es physisch gesehen überhaupt nichts gab, wonach ich greifen konnte. Ich musste die Hand ausstrecken, auch wenn alles, was ich berührte, Finsternis und Kummer war. Also habe ich es getan. Ich bat Peter ebenfalls darum. Wir würden in Kirchen gehen, uns dort auf die Bretter knien und für ihn beten. Wir waren nicht die Einzigen; diese Bänke waren immer voll von Menschen, alt, jung, reich, arm, Menschen aller erdenklichen Nationen, alle streckten sie die Hand aus, auch wenn es nichts Physisches gab, das sich berühren ließ. »Bitte tröste ihn, bitte hilf ihm«, betete ich. »Er ist doch noch so klein.« Denn das war es, was mich rührte: nicht die grandiose Idee des Tragischen, sondern die Winzigkeit und Zerbrechlichkeit dieses strahlenden, lebendigen Geschöpfes. Von Santa Annunziata, Santa Croce und Santa Maria Novella sandten wir Botschaften aus, für und an unsere Katze.

Ich ging ins Haus und wollte Ezekiel trösten, der unter Schluchzen klagte, seine Mutter habe ihn nicht lieb. Ich versicherte ihm, das sei nicht wahr, sie liebe ihn, das habe ich an ihrer Stimme gehört – und es war mir ernst, ich hatte es gehört. Doch er antwortete: »Nein, nein, sie hasst mich, deswegen hat sie mich hergeschickt.« Ich sagte ihm, er sei ein lieber Junge, und auf meine hilflose Art meinte ich das auch. Ezekiel war ein kleiner Junge in einer misslichen Lage, in die er nicht freiwillig gekommen war, und er konnte die Situation für sich nur erträglich machen, indem er intrigierte und versuchte, so vielen wie möglich in seiner Umgebung Schmerz zuzufügen. Außerdem war er ein kleiner Junge, der an schlechte Behandlung gewohnt war, und meine Versuche, freundlich zu sein, machten mich in seinen Augen nur zum Trottel. Sobald das Wort »lieb« fiel, hörte er mit Weinen auf und versuchte, alles Mögliche von mir zu bekommen, und ich war so dumm und gab ihm fast alles.

Auch Caesar war schlechte Behandlung gewohnt – aber er war immer noch auf der Suche nach guter. Als ich ihn bei seiner neuen Gastfamilie besuchte, rechnete ich damit, dass er wütend auf mich sein würde. Bei meiner Ankunft war er im Pool, und gleich als er mich sah kam er auf mich zugeplatscht und rief meinen Namen. Ich hatte ihm eine Schwimmweste mitgebracht, damit er im Wasser sicherer war, und er war ganz begeistert; für ihn machte mich meine freundliche Anteilnahme nicht zum Trottel. Dafür war sein Herz zu groß.

Aber auch aus dem Haus der neuen Gastmutter wurde er hinausgeworfen. Es hieß, er habe sie eine Schlampe genannt und mit dem Messer bedroht. Dass ihr das nicht gefiel, konnte ich verstehen. Und ich konnte verstehen, dass Caesar seine Wut an jemand anderem auslassen musste, wenn er sie nicht an mir ausließ.

Ezekiel saß bei mir, als der Anruf kam, dass sie Caesar nach Hause geschickt hatten.

Die Frau vom FAF erzählte mir, Caesar habe gefragt, ob er »wieder zu seinem richtigen Zuhause bei Peter und Mary« komme. Ich muss ziemlich elend ausgesehen haben, als ich den Hörer auflegte, denn Ezekiel fragte: »Was ist los?« Ich erzählte es ihm: »Sie haben Caesar nach Hause geschickt, und das macht mich wirklich traurig.« Er sagte »Oh«. Es war ein Augenblick der Sympathie zwischen uns – was bedeutete, dass er eine Stunde darauf umso trotziger sein musste, um diesen Moment ungeschehen zu machen.

Als Ezekiel aus dem Zimmer war, schrieb ich einen Brief an Caesars Mutter. Ich schrieb ihr, dass ihr Sohn ein guter Junge und es nicht seine Schuld sei, dass man ihn nach Hause geschickt habe. Ich ließ mir alles ins Spanische übersetzen, schrieb es ab, und dann schickte ich den Brief mit den Fotos, die ich von Caesar im Schwimmbecken gemacht hatte. Der Brief kam zurück mit dem Vermerk: UNBEKANNT VERZOGEN. Peter meinte, ich solle das als Fingerzeig nehmen und keinen weiteren Kontakt suchen. Andere sahen es genauso. Sie fanden, ich täte es aus Schuldgefühl, und das stimmte auch. Aber ich hatte noch ein anderes Motiv. Mir fehlte dieser kleine Junge. Mir fehlten die tiefliegenden Augen, seine umständliche Art, seine Großzügigkeit, seine Zärtlichkeit. Ich telefonierte mit dem Fresh Air Fund. Die Person, die ich zuerst am Apparat hatte, wollte mir keine Informationen geben; die zweite, mit der ich sprach, nannte mir eine Adresse im New Yorker Osten und dazu eine Telefonnummer. Ich schickte den Brief ein zweites Mal. Ich betete, genau wie ich es später für Gattino tun sollte: »Verschone ihn. Tröste ihn. Sei gnädig gegenüber diesem kleinen Menschen.« Und Caesar hörte mich – wirklich. Als ich bei ihm zu Hause anrief, fast zwei Monate nachdem er zurückgeschickt worden war, war er kein bisschen überrascht.

Auch Gattino hörte uns. Jedes Mal wenn ich andere Katzen für zwei Wochen in Pension gegeben habe, benimmt sich das Tier hinterher, als kenne es mich nicht mehr; ich muss sein Zutrauen erst neu erobern. Doch als Peter und ich zur Tierklinik zurückkehrten, um Gattino abzuholen, schnurrte er bei unserem Anblick. Nach Santa Maddalena zurückgekehrt, straffte sein kleiner Körper sich vor Staunen, als er das Zimmer sah, in dem wir gemeinsam gelebt hatten; er spazierte umher, als kehre er in ein verlorenes Königreich zurück. Und mein eigener Körper entspannte sich; ich fühlte mich in Sicherheit. Mir schien, dass ich eine Art Gefahr überstanden oder zumindest aus einem komplizierten Irrgarten herausgefunden hatte und dass ich das alles jetzt verstand. Beatrice war nachsichtig und zuvorkommend; das Landgut schien ein einziger Traum aus Schönheit und menschlichem Streben.

Peter war noch im Pool – ich war gerade herausgeklettert –, als Beatrice ihr Telefon zurücklegte und sagte: »Schlechte Nachrichten.« Ein gemeinsamer Freund, ein Schriftsteller, den ich schon seit den Achtzigern kenne, hatte seine junge Frau verloren, noch nicht einmal ein Jahr nach der Hochzeit. Sie waren im Golf von Mexiko schwimmen gewesen, und eine Welle hatte sie erfasst und auf einem Korallenriff zerschmettert. Etwa zwanzig Minuten lang redeten wir darüber. Ich ging ins Haus und schrieb ihm eine Mail, um ihm Mut zu machen. Dann saßen wir wieder am Pool. Die Hitze lag angenehm schwer über allem, Bäume und Blattwerk jeglicher Art wiegten sich sanft im Wind. Flaschen mit Mineralwasser und Espressotässchen standen an unseren Liegen. Insekten summten, schaukelten in der Luft. Die Schönheit war wie ein Film, ein Schleier, der über dem roten Korallenriff schwebte, dem Mann mit der sterbenden Frau in den Armen, der den Schmerz ihres gebrochenen Leibs in seinen eigenen aufnahm. Der Ozean, der sie umströmte, von strahlendem Leben erfüllt.

Am folgenden Tag brachen wir auf. Die Rückreise bestand aus einer zweistündigen

Fahrt nach Florenz, einem Flug nach Mailand, wo wir umsteigen mussten, einem achtstündigen Atlantikflug und zwei weiteren Stunden Fahrt. In Florenz erfuhr Peter, dass er wegen einer unmöglichen bürokratischen Schwierigkeit mit seinem Ticket das Terminal in Florenz verlassen, sein Gepäck holen und es für den Flug nach Mailand neu einchecken musste. Die Übergangszeit dort war nicht lang genug, um das Gepäck zu holen, wiederum einzuchecken und rechtzeitig mit mir auf dem Flug zu sein, und die Fluglinie (Alitalia) ließ ihn hochmütig wissen, auf dem folgenden Flug sei kein Platz mehr frei. Ich bestieg das Flugzeug allein. Peter musste über Nacht in Mailand bleiben und ein neues Ticket bei einer anderen Airline kaufen – was ich alles erst erfuhr, als ich in New York gelandet war, mit Gattino, der furchtlos aus dem Tragekorb schaute.

Und Gattino *war* furchtlos. Er machte kein Geschrei, auch nicht im Flugzeug, obwohl er seit dem Vorabend kaum etwas zu essen bekommen hatte. Er ließ sich geduldig nieder, die schlanken Pfoten majestätisch ausgestreckt, betrachtete mich mit ruhigem, selbstbewusst erhobenem Kopf. Entweder schlief er in seinem Tragekorb oder saß auf meinem Schoß, spielte mit mir, meinem Nachbarn oder mit dem kleinen Mädchen auf der anderen Seite des Ganges. Hätte ich ihn gelassen, wäre er aufrechten Schwanzes die Gänge entlangspaziert. Das ist sehr ungewöhnlich für eine Katze in einem Flugzeug. Wie gesagt, er hatte Mumm. Mehr als ich. Mehr als die meisten Menschen.

Als ich Caesar das erste Mal anrief, erkundigte er sich nach Bitey; er erkundigte sich nach seiner Schwimmweste. Über beides redeten wir eine Weile. Dann sagte ich ihm, ich sei traurig gewesen, als er fortmusste. Er fragte: »Hast du geweint?« Und ich antwortete: »Ja, das habe ich.« Er war still; ich konnte seine Gegenwart so deutlich spüren, wie man einen anderen im Dunkeln spürt.

Ich fragte, ob ich mit seiner Mutter sprechen könne – ich hatte mir jemanden dazugeholt, der das Spanische dolmetschen konnte –, und wollte sie fragen, ob sie mir gestattete, ihren Sohn zu sehen. Ich sprach auch mit seiner Schwester Natalia. Noch bevor ich sie sah, hörte ich die üppige, sinnliche Schönheit in ihrer Stimme – wissbegierig, flirrend, überschäumend in ihrer Wärme und Leidenschaft.

Ich schickte ihnen Geschenke – hauptsächlich Bücher und Spielzeug zu Caesars Geburtstag. Mit Natalia telefonierte ich länger als mit ihrem Bruder, er war noch zu jung, um längere Zeit zu telefonieren. Sie streckte ihre Stimme zu mir aus, als wäre es ihre Hand, und ich hielt sie fest. Wir sprachen über ihre Schwierigkeiten auf der Schule, ihre Ängste in dem neuen Viertel, den Freund der Mutter, der im Gefängnis saß, Filme, die sie mochte, hauptsächlich solche von jungen Mädchen, aus denen Prinzessinnen wurden. Wenn Caesar mit mir sprach, war es halb wirres Zeug über Comics und Tagträume. Aber manchmal klang er auch ganz plötzlich sehr erwachsen. »Ich will dir etwas erzählen«, sagte er einmal. »Aber ich weiß nicht, was es ist.«

Ich wollte mit ihrer Mutter sprechen, ich wollte Caesar sehr gern wiedersehen und seine Schwester kennenlernen. Peter hatte Bedenken, aber unterstützte mich um meinetwillen. Wir fuhren also ins östliche New York, in Begleitung eines Freundes, der als Spanisch-Dolmetscher fungierte. Wir brachten ihnen Brettspiele und Plätzchen mit. Ihre Mutter küsste uns auf beide Wangen und schenkte uns Kerzen. Sie sagte, die Kinder könnten uns zur Semana Santa besuchen kommen – Ostern. Natalia sagte: »Ich bin so aufgeregt«, und ich antwortete: »Ich auch.«

Und das stimmte. Ich war so aufgeregt, dass man es fast schon Furcht nennen konnte. Peter und ich fuhren nach Manhattan, wo wir uns an der Penn Station mit ihnen treffen wollten, und es schien wie ein Wunder, als wir sie dort stehen sahen. Bei uns angekommen, machte Caesar gleich auf der Treppe eine Szene – am Ort seiner Beschämung. Doch diesmal konnte ich ihn festhalten, ihn trösten und beschwichtigen. Ich konnte dafür sorgen, dass alles in Ordnung war, mehr als in Ordnung. Der Besuch war größtenteils bezaubernd. Heute kann man sich kaum noch vorstellen, wie bezaubernd. Aber die Bilder in unserem Fotoalbum bezeugen es: Von den beiden auf ihren Fahrrädern an einem wunderschönen Frühlingstag, den beiden beim Ostereier-Bemalen. Wir fuhren mit Natalia zu einem Reitstall. Wir haben eine Aufnahme von ihr, wie sie eben im Begriff ist, ein Pferd zu besteigen, mit einem Ausdruck todesmutiger Herausforderung auf ihrem Gesicht; auf einer anderen sitzt sie oben mit einem Ausdruck größten Triumphes.

Auf der Zugfahrt zurück nach New York fragte Caesar: »Magst du mich?« Ich sagte: »Caesar, ich mag dich nicht einfach nur, ich hab dich lieb.« Er sah mich mit festem Blick an und fragte: »Warum?« Ich dachte eine ganze Weile darüber nach. »Das weiß ich noch nicht«, antwortete ich. »Manchmal weiß man nicht, warum man Menschen lieb hat; es ist einfach so. Eines Tages komme ich dahinter warum, und dann sage ich es dir.«

Als wir Gattino den anderen Katzen vorstellten, rechneten wir mit Drama und großem Gefauche. Aber es war kaum etwas. Er war taktvoll. Sanft näherte er sich den beiden furchtsamen Katzen, Zuni und Tina, kam behutsam heran, um sie mit der Nase anzustupsen, folgte ihnen in respektvollem Abstand, setzte sich manchmal neben Tina und sah sie ruhig an. Bitey war inzwischen von uns gegangen, und wir hatten eine neue Katze, eine energische junge Dame namens Biscuit. Er jagte und bedrängte Biscuit – und es stimmt schon, sie mochte ihn nicht. Aber sie akzeptierte ihn.

Ich dachte bei mir: Das ist doch schön.

Dann begannen Dinge schiefzugehen – anfangs nur Kleinigkeiten. Ich merkte, dass ich meinen Pass verloren hatte; Peter verlor eine Halskette, die ich ihm geschenkt hatte; ich verlor die blaue Murmel aus Santa Maddalena. Schon im sechsten Jahr kam Caesar uns im Sommer besuchen, und diesmal klappte es gar nicht gut. Meine Schwester Martha erfuhr, dass sie ihre Arbeit verlieren würde. Wir zogen in ein neues Haus auf dem Campus von Bard College, und nichts war in Ordnung: Der Hausbesitzer hatte überall im Haus sein Gerümpel hinterlassen; der Ofen funktionierte nicht, wir fanden ein Mäusenest darin; eine Toilette drohte durch den Fußboden zu stürzen; Fensterscheiben waren zerbrochen.

Aber die Katzen waren begeistert. Ganz besonders Gattino. Der Garten war wirklich eine Schönheit und ganz verwildert, und als Gattino ein halbes Jahr alt war, ließen wir ihn vorsichtig nach draußen, immer nur zwanzig Minuten und immer mit einem von uns in

Sichtweite. Wir wollten ihm beibringen, vorsichtig zu sein, und das war er; er fürchtete sich vor Autos, zeigte keinerlei Wunsch, auf die Straße zu gehen, ja nicht einmal in die Tiefe des riesigen Gartens. Wir ließen ihn länger hinaus. Alles war gut. Das Haus wurde entrümpelt; wir bekamen einen neuen Ofen. Jemand fand Peters Halskette und brachte sie ihm zurück. Dann kam der Tag, an dem ich für ein paar Stunden aus dem Haus musste. Peter war nicht da. Gattino war mit den anderen Katzen im Garten. *Wird schon gutgehen,* dachte ich. Bei meiner Rückkehr war er fort.

Da er sich immer von der Straße ferngehalten hatte, gingen wir davon aus, dass er sie nicht überquert hatte – und wenn doch, hätte ich gedacht, dass er den Weg zurück gefunden hätte, denn auf der anderen Seite war ein gerades, kurz gemähtes Feld. Also sah ich hinter dem Haus nach, wo ein Studentenwohnheim auf einem bewaldeten Grundstück stand, und zu beiden Seiten des Hauses. Wir waren ja gerade erst eingezogen und ich kannte das Terrain nicht, da war es schwer, im Dunkeln zu suchen – ich sah nur das Gewirr aus Grünzeug und Gebäuden, Häuser, einen Kindergarten und das, was ich später als verlassene Scheune erkannte. Ich bekam Angst. Vielleicht war ich deswegen im Glauben, ich hörte ihn zu mir sprechen, in Gestalt eines ganz einfachen Gedankens, der Eingang in meinen Verstand fand, klagend, wie von draußen. Er lautete: »Ich fürchte mich.«

Ich wünschte, ich hätte ihm den Gedanken zurückgeschickt: »Keine Sorge. Bleib, wo du bist. Ich finde dich.« Stattdessen dachte ich: »Ich fürchte mich auch. Ich weiß nicht, wo du bist.« Es wäre lächerlich zu glauben, dass der Lauf der Ereignisse ein anderer gewesen wäre, wären mir andere Gedanken in den Kopf gekommen. Aber mir scheint es so. Gattino war auf mich eingestimmt. Ich glaube, er konnte mich selbst aus der Ferne spüren. Und ich denke mir, dass er meine Furcht spürte, machte es noch schwerer für ihn. Aber ich konnte nicht anders, die Angst überwältigte mich.

Am nächsten Tag musste ich nach Manhattan fahren, weil eine Freundin aus ihrem ersten neuen Buch seit Jahren las. Peter suchte nach Gattino. Genau wie ich suchte er nicht auf der anderen Seite der Straße; er konnte sich einfach nicht vorstellen, dass er dorthin gelaufen war.

Am Tag darauf produzierten wir Steckbriefe und hängten sie überall in den Wohnheimen auf, in den Gebäuden und Unterrichtsräumen des Campus. Wir verständigten den Sicherheitsdienst, der per Mail einen Rundbrief an alle schickte, die überhaupt mit dem College zu tun hatten.

Am dritten Abend, gerade vor dem Schlafengehen, war mir, als hörte ich ihn wieder. »Ich bin einsam«, sagte er.

Am fünften Tag kam der Anruf von einem Wachmann, der berichtete, er habe eine kleine, dünne, einäugige Katze vor einem der Wohnheime an einer Mülltonne gesehen. Der Anruf kam um zwei Uhr morgens, und wir hörten ihn nicht, weil das Telefon stummgeschaltet war. Das Heim war ganz in der Nähe; es lag eine Straße weiter, auf der anderen Seite des Felds.

Am nächsten Tag ging ich über das Feld, und mir ging etwas auf, das ich zuvor nicht gesehen hatte: aus der Perspektive eines Menschen war das Feld so flach, dass man es leicht überblicken konnte; aus dem Blickwinkel eines Geschöpfes weitaus tiefer am Boden bestand es aus Tälern und Hügeln so hoch, dass man nichts dahinter sah.

In einem Punkt habe ich nicht die Wahrheit gesagt: Die Murmel aus Santa Maddalena habe ich nicht verloren. Ich habe sie fortgeworfen. Als Peter seine Halskette verlor, kam ich zu dem Schluss, dass die Murmel Unglück brachte. Ich trug sie hinaus auf ein Feld und warf sie fort.

Ein Freund bot an, mir den Besuch bei einer Hellseherin zu bezahlen. Er kannte sie nicht selbst, er hielt nichts von Spiritisten. Aber ein hübsches Mädchen, mit dem er flirtete, war bei dieser Hellseherin gewesen und sehr beeindruckt von ihr. Mein Freund wollte hören, was ich von der Hellseherin hielt, wahrscheinlich damit er wusste, ob das Mädchen eine Spinnerin war. Also machte ich einen Termin ab. Die Frau erzählte mir, dass Gattino »in Schwierigkeiten« sei. Sie sagte mir, er sterbe. Sie konnte nicht sagen, wo er war, aber in einem Graben oder Abwasserkanal, irgendwo, wo es jäh in die Tiefe ging; Wasser war in der Nähe, und der Boden knirschte unter den Füßen. Vielleicht könne ich ihn finden. Vielleicht sei es mir aber auch nicht bestimmt. Sie sagte, vielleicht sei es »der Pfad seines Karmas«, dass er »in die Wälder wandert und die Augen schließt«, und wenn es so sei, solle ich mich dem nicht in den Weg stellen. Andererseits, sagte sie, könne ich ihn aber vielleicht auch noch finden, wenn ich an den beschriebenen Orten suchte.

Ich berichtete meinem Freund, die Hellseherin des hübschen Mädchens habe mich nicht beeindruckt. Und dann ging ich an Orte, wie sie sie beschrieben hatte, und suchte nach Gattino. Ich suchte von morgens bis abends, jeden Tag neu. Am Ende eines solchen Tages, vor dem Einschlafen, hörte ich wieder die Stimme. Sie sagte: »Ich sterbe.«

Ich dachte, *Er ist ein Tier, er kann sich dem Tod besser stellen als du*. Ich dachte, *Respektiere ihn.* Weitere Worte kamen: »Ich liebe dich.« Und dann: »Lebwohl.«

Ich stand auf und nahm eine Schlaftablette. Zwei Stunden später erwachte ich wieder, Tränen liefen mir übers Gesicht.

Wer entscheidet, welcher Tod tragisch ist und welcher nicht? Wer entscheidet, was groß ist und was klein? Ist es eine Frage von Zahlen oder physischer Masse oder Intelligenz? Wenn man ein kleines Geschöpf oder ein kleiner Mensch ist und allein und unter Schmerzen stirbt, dann denkt man vielleicht nicht daran oder weiß nicht, wie klein man ist. Wenn die Schmerzen groß genug sind, weiß man vielleicht nicht mehr, wer oder was man ist; man kennt vielleicht nur noch den Schmerz, und der ist ungeheuer. Wer entscheidet das? Was entscheidet das? Die Vernunft? Kann in solchen Fällen die Vernunft die Entscheidung treffen? Vernunft ist ein hervorragender Maßstab, wenn es um soziale Strukturen geht – aber hat sie je etwas mit Dingen zu tun, die einen rühren?

Nach jenem ersten Osterbesuch kamen Caesar und Natalia im Sommer für zwei Wochen zu uns. Wir machten Fahrrad- und Badeausflüge, gingen ins Kino und auf den Jahrmarkt von Dutchess County. Natalia bekam erste Reitstunden; bei späteren Besuchen arbeitete sie ohne Bezahlung im Reitstall, nur damit sie bei den geliebten Pferden sein konnte. Jeden Abend machten sie und ich einen Abendspaziergang, und auf diesen Runden durchs Viertel sprachen wir offen miteinander. Sie gestand mir, dass sie gelogen hatte, als sie mir erzählte, sie komme in der Schule gut zurecht. Sie habe die Prüfungen nicht bestanden. Ich fragte, ob sie gern besser wäre. Ja, das wünsche sie sich. Ich fragte, ob ich ihr abends am Telefon bei den Hausaufgaben helfen solle, und sie sagte Ja.

Für Caesar war in erster Linie Peter »zuständig« – aber die beiden entwickelten keine Beziehung. Peter mochte die Mischung aus Bedürftigkeit und Aggression bei dem Jungen nicht. Der Kleine klebte an Peter und wollte ständig seine Aufmerksamkeit, und wenn er sie nicht bekam, was oft geschah, sagte er Sachen wie »Wenn ich größer bin, schlage ich dir die Fresse ein«. Er sagte es wie im Scherz, und er war schließlich noch ein kleiner Junge. Aber im körperlichen Sinne war er nicht klein, weder er noch seine Schwester waren das, und deshalb nahm man, was sie sagten, ernst. Ich nahm Caesars Aggressivität ernst – doch über lange Zeit verzieh ich sie ihm. Ich verzieh sie ihm, denn ich sah in der Wut und der Bedürftigkeit den unmittelbaren Ausdruck einer Sehnsucht nach jener puren Zuneigung, die die Umstände ihm verwehrt hatten, der Empörung darüber, dass sie ihm verwehrt waren. Schließlich hatte sein Vater ihn im Stich gelassen; seine Mutter – eine Frau von Mitte vierzig – machte Überstunden in der Fabrik und ließ die Kinder oft allein. Wenn sie nach Hause kam, war sie so müde, dass sie nur gerade noch das Essen kochen konnte; Caesar sagte, sie beschimpfe ihn jeden Tag. Er und seine Schwester waren überzeugt, dass sie ihre vier erwachsenen Kinder in der Dominikanischen Republik ihnen vorzog.

Und doch liebte sie die beiden, besonders Caesar. Man sah es an ihrer Körpersprache, wenn sie zusammen waren, an der Art, wie sie ihn ansah und ihn als »mein schöner Sohn« begrüßte. Sie liebte beide Kinder, und trotzdem schlug sie sie. Sie schlug sie in vollem Bewusstsein als Strafe und ohne jedes Bewusstsein, anscheinend als eine Form von Kontakt. Einmal, als ich Natalia am Telefon half, einen Aufsatz zu schreiben, sagte sie: »Augenblick, ich muss einen anderen Stift holen.« Sie legte den Hörer hin, wandte sich an ihre Mutter mit leiser, fragender Stimme – und bekam zur Antwort heftige Flüche, die zu Poltern und Krachen wurden, man hörte Natalia weinen, und dann wurde der Hörer auf die Gabel geknallt. Die Mutter attackierte ihre Kinder bisweilen, als sei sie selbst noch ein Kind, riss Natalia an den Haaren oder kratzte sie. Ununterbrochen erniedrigte sie Natalia. Caesar machte sie zum Baby, badete ihn und putzte ihm noch als er neun Jahre alt war die Zähne. Hätte Peter nicht darauf bestanden, dass er sich selbst die Schuhe band, hätte er es vielleicht nie gelernt – seine Mutter befahl Natalia, sie zu binden, und die tat es.

Wir hatten zwei Sozialarbeiter der

Schule kennengelernt, als wir als Aufpasser bei einem Ausflug mitfuhren. Sie erzählten uns, dass sie von der Prügel wüssten oder es zumindest vermuteten; Natalia berichtete, sie werde geschlagen, nahm es wieder zurück, behauptete, sie habe gelogen. Wenn es Spuren der Schläge gab, dann weigerte sie sich, sie zu zeigen. Die Kinder waren einmal in Pflege gewesen, und das wollte Natalia nie wieder. Der eine der beiden Sozialarbeiter war überzeugt, dass die Kinder misshandelt wurden, und fand, man solle sie der Mutter fortnehmen. Seine Kollegin sah Natalia als durchtriebene Lügnerin und stand ganz auf der Seite der Mutter, die sie seit Jahren kannte. »Sie liebt diese Kids«, sagte die Frau. »Sie schuftet sich halb tot für sie.«

Und die Kinder liebten sie ebenfalls, leidenschaftlich sogar; ihr Selbstwertgefühl war ganz an sie gebunden. Einmal, als ich die Kinder nach einem Weihnachtsbesuch wieder zur Penn Station brachte, tauchte die Mutter zur Übergabe nicht auf. Die Kinder waren ängstlich und niedergeschlagen; ich nahm sie mit in die Wohnung, die wir uns in der Stadt mit Freunden teilten, und tröstete sie, sang mit ihnen, kämmte Natalia das Haar; ich versicherte ihnen, ihre Mutter werde mich bestimmt gleich auf meinem Handy anrufen und uns berichten, was geschehen war. Wir warteten zwei Stunden, dann schlug ich vor, die Polizei zu rufen. Sofort hörte Caesar auf zu weinen und sah mich mit flammenden Augen an. »Mary«, sagte er, »wenn du das tust, dann hasse ich dich für immer.« Sie wollten nicht, dass die Polizei ins Spiel kam. Sie hatten Angst, dass man sie von ihrer Mutter trennte.

Und so nahmen wir uns zusammen und verkniffen uns gegenüber den Kindern jede kritische Bemerkung über ihre Mutter. Wir fanden jemanden, der Spanisch sprach und für uns übersetzte, und bemühten uns, sie bei allem, was die Kinder betraf, mit einzubeziehen (ihr Rat beschränkte sich meist auf Anweisungen wie »Gebt ihm einfach eins hinter die Löffel«), um vor ihnen Respekt vor ihrer Mutter zu zeigen. Wir ließen uns auf die Verhältnisse ein.

Die Kinder kamen zu Weihnachten und zu Ostern zu Besuch, manchmal zu ihren Geburtstagen und im Sommer immer mindestens für ein paar Tage. Dann und wann traf ich mich auch mit ihnen in der Stadt. Ich arbeitete mit Natalia am Telefon, half ihr, die Bücher, die sie für die Schule lesen musste, zu lesen und Aufsätze darüber zu schreiben. Ich heuerte auch einen Aushilfslehrer für sie an, einen Collegestudenten, den ich dafür bezahlte, dass er einmal pro Monat nach Brooklyn fuhr und ihr Mathematikstunden gab. Die Lehrerin sagte, sie mache Fortschritte. Dann fingen die anderen Schüler an, sie deswegen zu hänseln. Sie spuckten sie in der Kantine an, und sie prügelte sich mit ihnen. Aber davon erzählte sie nichts. Sie rief mich an und weinte und sagte, sie komme in der Schule nicht zurecht, weil sie von ihrer Mutter geschlagen werde. Ich sagte: »Gegen deine

Mutter kannst du nichts tun. Aber was *du* machst, das kannst du selbst entscheiden.« Einen Moment lang war sie still. Dann sagte sie ganz ruhig: »Mary, ich glaube nicht, dass ich das kann.« Ich sagte: »Versuch es.« Aber ich hörte, dass sie es nicht konnte. Ich hörte es in ihrer Stimme. Ich könnte nicht mit Worten beschreiben, warum es so war. Aber ich hörte es.

Auch weiterhin machte sie ihre Hausaufgaben mit mir am Telefon. Sie traf sich mit dem Mathematiklehrer. Aber die Aufgaben, die sie machte, reichte sie nicht ein. Sie behauptete, sie habe es, die Lehrerin lüge, die Lehrerin habe die Blätter zerrissen, die Lehrerin hasse sie. Die Lehrerin sagte, sie habe die Sachen nie gesehen.

Ich suchte weiter nach Gattino. Ich dachte nicht viel an die Kinder während meiner Suche nach ihm. Eigentlich dachte ich überhaupt nicht. Ich versuchte die Erde zu spüren, den Himmel, die Bäume, die nassen, eisigen Stoppeln des Bodens. Aber das Einzige, was ich spürte, war Traurigkeit. Auf der Fahrt zu einem Tierheim, wo ich nachfragen wollte, ob ihn jemand abgegeben hatte, hörte ich im Radio eine Geschichte über Blackwater-Söldner, die in eine Menschenmenge aus irakischen Zivilisten geschossen hatten. Sie erschossen einen jungen Mann, einen Medizinstudenten, weil er aus seinem Auto gestiegen war; als die Mutter aus dem Auto sprang, um die Leiche aufzuheben, erschossen sie die Mutter. Ich höre Geschichten wie diese Tag für Tag und ich weiß, dass es entsetzliche Geschichten sind. Doch ich spüre überhaupt nichts dabei. Als ich diese hier hörte, war mir, als hätte mir jemand das Herz aufgerissen.

Es war der Verlust der Katze, der diese Veränderung bewirkt hatte; dass der Verlust so klein, objektiv gesehen so unbedeutend war, hatte dieses Aufreißen möglich gemacht. Ich weiß nicht, warum das die Wahrheit sein soll. Aber ich bin sicher, dass es die Wahrheit ist.

Und das trifft nicht nur auf mein Herz zu; auch mein Verstand bekam einen Riss. Ich kontaktierte noch eine weitere, diesmal auf Haustiere spezialisierte Hellseherin und erkundigte mich bei ihr nach Gattino. Sie sagte mir, er sei tot; wahrscheinlich durch Nierenversagen gestorben, nachdem er etwas Giftiges geleckt hatte. Sie erklärte, er habe leiden müssen. Ich rief bei der nächsten an. Sie sagte, er sei tot, aber er habe nicht leiden müssen; er habe sich »zusammengerollt, als wolle er einschlafen«. Ich fing an, willkürlich Leute zu fragen, ob sie zu meinem Kater »etwas Übersinnliches« spürten; ich staune immer noch, wie viele mit Ja antworteten. Manche von ihnen waren Freunde, manche Bekannte, manche sogar vollkommen Fremde. Eine Fremde, eine Gastwirtin in Austin, sagte mir, er sei kränker gewesen, als ich gewusst hätte, und sei zum Sterben fortgegangen, um mir Leid zu ersparen; sie sagte, er habe mich geliebt. Dann nahm sie mich in den Arm und machte Schnurrlaute – und ich antwortete in der gleichen Art! Eine Bekannte, eine verschlossene und eigentlich unfreundliche Frau, die in einem Reitstall arbeitet und bei der ich nie Trost für meine Seele gesucht hätte, schaute sich den Steckbrief an, als ich ihn ihr und ihrem Partner zeigte, und sagte, als ich mich schon halb zum Gehen gewandt hatte, mit leiser Stimme: »Ich weiß nicht, ob das etwas hilft, aber ich glaube nicht, dass Ihre Katze tot ist.« Sie sah sie in oder unter einem weißen Haus sitzen, mit einer Menge von Wegen in alle Richtungen. Das hätte die Hälfte der Wohnheime auf dem Campus sein können.

Und so hängte ich also Mitte Januar noch eine weitere Runde Steckbriefe auf dem Campus aus und verschickte sie per Mail. Fast sofort kamen Anrufe von Leuten, die sagten, sie hätten eine kleine einäugige Katze gesehen. Ich ließ Futter an den Stellen zurück, an denen er angeblich gewesen war, damit er dortblieb. Ich ließ Fetzen von Kleidungsstücken von mir bei dem Futter zurück, damit er meinen Geruch aufnahm und sich vielleicht erinnerte. Ich legte Futter bei uns in den Garten. Ich kratzte Kot und Streu mit Urin aus dem Katzenklo und verstreute es hinter dem Haus, damit er den Geruch unserer anderen Katzen roch und sich davon nach Hause leiten ließ. Ich sammelte eine ganze Einkaufstüte mit Kot und Urinklümpchen, und eines späten Abends ging ich hinaus und legte eine Spur vom anderen Ende des Felds bis zu unserem Haus. Der Schnee reichte mir bis an die Waden und ich brauchte fast eine Stunde für den Weg und schüttete dabei schmutziges Katzenstreu auf die Spur meiner Schritte.

Ich fragte Peter, ob er mich für verrückt halte. Manchmal schon, antwortete er mir. Aber dann dachte er an seine Freunde, deren Zwillingstöchter vor kurzem an einer seltenen Hautkrankheit gestorben waren, der Epidermolysis bullosa oder Schmetterlingskrankheit. Als die Mädchen zur Welt kamen, hatte man den Eltern empfohlen, sie in ein Pflegeheim zu geben. Als sie darauf bestanden, sie mit nach Hause zu nehmen, zuckten die Ärzte mit den Schultern und gaben ihnen ein paar Bandagen mit. Zur häuslichen Betreuung gab es keinerlei Erfahrung; die Eltern mussten alles selbst herausfinden. Sie opferten sich auf für die Betreuung ihrer Kinder und ermöglichten ihnen ein beinahe normales Leben. Trotz entsetzlicher Schmerzen bei fast jeder täglichen Verrichtung, sogar beim Essen, trieben die Mädchen Sport, gingen aufs College, flirteten online und waren mit Jungen zusammen, mit denen sie schliefen. Sie hatten auf ein Heilmittel gehofft, bis sie mit siebenundzwanzig gestorben waren. Bis zum letzten Augenblick arbeiteten ihre Eltern dafür, dass sie ein gutes oder doch ein so wenig schmerzhaftes Leben wie möglich hatten. »Wir hätten alles getan«, sagte ihre Mutter. »Wenn uns jemand gesagt hätte, es hülfe ihnen, wenn wir uns mit Scheiße einrieben und im Garten wälzten, dann hätten wir es getan.«

»Aber getan haben sie es nicht«, sagte ich.

»Nun«, meinte Peter, »es hat ihnen nie jemand gesagt.«

Weil Natalia sich davor fürchtete, auf die staatliche Junior Highschool zu gehen, zahlten wir für sie und ihren Bruder das Schulgeld für die katholische Schule. Caesar kam gut zurecht; sie wurde binnen zwei Monaten hinausgeworfen. Ihre Mutter lachte bitter. »Mit Natalia hat man nichts als Ärger«, sagte sie. Ich erwiderte: »Ich glaube immer noch an sie.« Ungläubiges Schweigen am anderen Ende der Telefonleitung.

Eine Freundin meinte: »Du kannst dich nicht gegen die Mutter stellen. Das solltest du nicht einmal versuchen. Das Kind wird immer ihr folgen. Dagegen kannst du nicht an.«

»Ich weiß«, sagte ich. »Ich versuche es gar nicht erst.«

Ich wusste es. Und versuchte es doch. Ich sagte mir, dass ich es nicht versuchte, aber ich tat es.

In dem Sommer schickten wir sie in ein

Ferienlager, das für verkorkste Kinder besonders gut sein sollte, und es wurde ein großer Erfolg, besonders bei Natalia. Sie übertraf sich selbst, die Betreuer waren begeistert von ihr und luden sie zur Teilnahme am einjährigen »Teen Leadership«-Programm ein, zu dem Gruppentelefonate mit Betreuern und anderen Kindern gehörten sowie einmal im Monat ein Wochenendaufenthalt im Camp. Natalia war bester Dinge, und bei ihrer Rückkehr zur Mutter zeigten wir ihr Bilder von Natalia im Lager, wo sie mit allen ausgekommen war und keinerlei Ärger gemacht hatte. Ihre Mutter sah sich die Bilder an und warf sie dann wortwörtlich zu Boden.

Natalia fuhr zweimal zum Camp, und dann tauchte sie nicht mehr auf. Sie meldete sich nicht mehr bei den Gruppentelefonaten. Sie blieb die ganze Nacht aus und schwänzte die Schule. Es sei, weil ihre Mutter sie schlage, sagte sie. Es sei, weil sie Sex und Drogen wolle, sagte ihre Mutter.

Bei ihrem Weihnachtsbesuch stritten wir

uns; danach versuchte ich mit ihr zu reden. »Mir ist das egal«, verkündete sie. »Mir ist wirklich alles egal.« Ich antwortete, da hätte ich meine Zweifel. »Doch, das stimmt«, beteuerte sie. »Das hat schon immer gestimmt.« Und ich spürte, mit welcher Erleichterung sie es sagte. »Na gut«, meinte ich. »Vielleicht stimmt es manchmal; aber mit Sicherheit nicht immer. Praktisch jeder Mensch hat etwas, das ihm etwas bedeutet, jedenfalls von Zeit zu Zeit.« Sie sah mich mürrisch an; sie widersprach mir nicht. »Aber«, fuhr ich fort, »wenn du die ganze Zeit tust, als sei dir alles egal, dann glauben dir die Leute das irgendwann. Wenn dir wirklich alles egal ist, dann werden Leute, die nicht so sind, aus deinem Leben verschwinden, und andere tauchen auf, denen auch alles egal ist. Und wenn das passiert, dann wirst du feststellen, dass dein Leben ziemlich ungemütlich wird.« Bei diesen Worten wurde ihr Ausdruck ganz allmählich offener; ganz langsam mischte sich in ihre mürrische Art Furcht. Ich gab ihr einen Kuss und sagte noch: »Das muss aber nicht so sein.« Ein paar Monate später lief sie von zu Hause fort.

Caesar war neun, als seine Schwester fortlief, und ich merkte, dass er genau verfolgte, was mit ihr geschah. Zusammen mit seiner Mutter schimpfte er über sie, doch selbst da hörte ich noch die Zuneigung zu ihr in seiner Stimme. Er liebte seine Familie – aber auch mich liebte er. Ich konnte mit ihm über alles reden, über Träume, Himmel und Hölle, darüber, was Menschen böse machte und warum ein Bild gut oder schlecht war. Als er das Bild von meinem Vater sah, in dem Vertiko, das als eine Art Schrein dient, wollte er alles über ihn wissen. Ich erzählte ihm, dass mein Vater Waisenjunge gewesen war – die Mutter war gestorben, als mein Vater neun Jahre alt war, dann war im Jahr darauf sein Vater gestorben. Dann starb sein Hund. Trotzdem wollte mein Vater, als der Zweite Weltkrieg kam, Soldat werden. Gleich als Erstes kam er nach Anzio, eine der schrecklichsten Schlachten des Krieges. »Das muss schlimm für deinen Vater gewesen sein. Aber leid tut er mir nicht. Hört sich doch an, als ob er ein toller Kerl war.« Später fragte Peter Caesar, ob er je einen Freund gehabt habe, der nur in Tagträumen existierte. »Früher nicht«, sagte er, »aber jetzt habe ich einen. Mein Tagtraumfreund ist Marys Vater.«

Als mein Vater im Sterben lag, stellte ich ihm eine Frage. Es war keine wirkliche Frage; ich glaube nicht, dass er bei Bewusstsein war, und ich flüsterte die Frage mehr, als dass ich sie sprach. »Daddy«, sagte ich, »erzähl mir, wie du gelitten hast. Erzähl mir, wie sich das angefühlt hat.« Vorher hätte ich ihn das nie fragen können. Aber ich war überzeugt, dass er an der Schwelle zum Tod meine geflüsterten Worte »hören« konnte. Und ich glaube, nach und nach, über einen langen Zeitraum hinweg, habe ich eine Antwort bekommen, zumindest einen Teil der Antwort. Mir war, als hätte ich einen Teil dieser Antwort auf der Suche nach meiner Katze gehört, in den Zei-ten, als es so kalt und so spät war, dass nie-mand sonst mehr unterwegs war. Da ging mir auf, dass der Verlust meines Katers eine gnädige Form der Antwort auf meine Frage war.

Meine Schwestern und ich saßen alle drei bei unserem Vater, als er im Sterben lag; wir versorgten ihn zu dritt, gemeinsam mit einem Helfer aus dem Hospiz, der jeden Tag kam. Doch nur Martha war bei ihm, als er starb. Sie sagte, sie habe gespürt, wie der Tod ins Zimmer gekommen sei. Der Tod habe sich sehr sanft angefühlt. Später erzählte sie, sie habe entsetzliche Dinge gespürt und sogar ge-sehen, bevor er starb. Doch damit, dass sie Zeugin seines Todes gewesen war, schien sie im Frieden.

Nach Hause zurückgekehrt, hatte sie nicht viele, mit denen sie über das Gesche-hene reden konnte. Martha hatte kein gutes Verhältnis zu den Leuten an ihrem Arbeitsplatz, und es waren auch nicht die richtigen für vertraute Gespräche. Sie hatte jedoch sonst praktisch niemanden. Als sie mit einem Arbeitskollegen über das Leben unseres Vaters sprach, fand dieser es abwegig, dass sie den Tod des Hundes auf eine Stufe mit dem Tod der Eltern stellte, und sagte es ihr recht unfreundlich. »Ich mag Hunde«, sagte er, »ich bin traurig, wenn ein Hund stirbt. Aber ein Hund ist etwas anderes als Eltern oder Geschwister.« Ich weiß nicht mehr, was Martha darauf antwortete; ich meine, sie hätte gesagt, dass sie lange überlegt habe, und als sie es erzählte, klang ihre Stimme gepresst und gequält.

Als ich auf der Suche nach der Katze war, so spät am Abend, dass niemand anderes mehr unterwegs war, fiel mir das wieder ein, und ich wünschte, ich wäre bei meiner Schwester gewesen, als ihr Arbeitskollege ihr das sagte. »Stellen Sie sich mal vor, Sie wären ein neunjähriger Junge und hätten Ihre Mutter verloren«, hätte ich ihm geantwortet. »Sie stehen unter Schock, und dieser Schock macht Sie klein wie ein kleines Tier, das um sein Leben fürchtet. Also sagen Sie sich: ›Okay, ich habe keine Mom mehr. Das schaffe ich.‹ Im folgenden Jahr stirbt Ihr Vater. Sie sagen sich: ›Na gut, jetzt habe ich auch keinen Dad mehr. Damit werde ich auch noch fertig.‹ Dann stirbt Ihr Hund. Und Sie denken bei sich: ›Nicht mal einen Hund? Ich darf nicht mal einen Hund behalten?‹« Ich hätte dem Mann geantwortet: »Natürlich bedeutete ihm der Hund nicht so viel wie seine Eltern, Sie Armleuchter. Seine Eltern bedeuteten ihm dermaßen viel, dass er es sich nicht leisten konnte, den Verlust an sich heranzulassen. Den Verlust des Hundes, den konnte er heranlassen, und durch das Tor dieser Empfindung strömte alles andere auf ihn ein.«

Der symbolische Verlust »meiner« Kinder und der Verlust meiner Katze waren unbedeutend im Vergleich zum Verlust meines Vaters. Deshalb war dieser erstere Verlust eine Gnade; er gab mir einen gewissen Begriff von dem, was mein Vater gespürt haben muss, und mehr als einen gewissen Begriff hätte ich auch nicht verkraften können. Das hatte ich vorher nicht verstanden. In der Familie hieß es, mein Vater sei schwach, neurotisch, ein kleiner Junge, der es nicht schaffte, emotional erwachsen zu werden. Eine gewisse Berechtigung hatte diese Sicht der Dinge. Doch noch mehr Berechtigung hatte die folgende: Mein Vater war stark, viel stärker, als ich es bin. Hätte ich erleben müssen, was er erlebt hat, als er gerade einmal neun war, ich wäre nicht wieder auf die Beine gekommen. Was geschehen war, hat ihm Schmerz bereitet, und zwar schlimmen Schmerz. Aber er ist nicht daran zerbrochen. Er hat eine Familie gegründet, er ging zur Arbeit. Er war entsetzlich unglücklich, und manchmal betrug er sich grausam oder verächtlich gegenüber Frau und Kindern. Aber er hat nie aufgegeben. Er hat nie kapituliert. Bis zur letzten Minute nicht.

Einmal fragte Caesar mich, ob er nicht ganz bei uns wohnen könne. Ich antwortete, ich könne mir nicht vorstellen, dass er das wirklich wolle; schon weil wir dafür sorgen würden, dass er immer seine Hausaufgaben mache. Das würde er tun, versicherte er. Ich gab zu bedenken, er würde seine Mutter zu sehr vermissen. Er zögerte, dann antwortete er, das würde er wohl tatsächlich. »Außerdem würden wir dich nicht schlagen, wenn du etwas angestellt hast«, fügte ich hinzu, »und dann wüsstest du nicht, was du tun sollst.«

Er war einen Moment lang still; dann sagte er: »Das stimmt.«

»Was meinst du«, fragte ich, »warum ist das so?«

Darüber dachte er lange nach; es war ihm anzusehen, dass er angestrengt nachdachte. »Ich weiß nicht. Was meinst *du* denn, warum das so ist?«

»Schatz«, sagte ich, »ich habe keine Ahnung. Keiner weiß die Antwort auf diese

Frage. Wenn du die wüsstest, könntest du eine Million Dollar damit verdienen.«

Vielleicht war eine solche Unterhaltung mit einem Zehnjährigen merkwürdig. Aber ich wollte, dass er darüber nachdachte, auch wenn er nie eine Antwort finden würde. Wenn ich ihn dazu brachte, darüber nachzudenken, warum er das Geschlagenwerden brauchte, dann würde ihm aufgehen, dass dieses Bedürfnis nicht *er selbst* war, sondern etwas Eigenständiges, etwas, zu dem man eine Einstellung haben konnte. Ob sich dadurch für ihn etwas ändern würde, konnte ich nicht beurteilen. Einmal, bei einer Auseinandersetzung, weil er mit Steinen nach Enten geworfen hatte, fragte ich ihn: »Willst du, dass ich *dich* so behandle, nur weil ich größer bin? Willst du, dass ich dich schlage?«

»Ja«, antwortete er. »Schlag mich, mach schon.« Er sagte es mehrfach.

Ich habe ihn nicht geschlagen. Ich habe mich umgedreht und bin fortgegangen. Doch einen Moment lang war ich in Versuchung. Ich war in Versuchung aus Frustration, aber mehr noch forderte mich die Macht seines Verlangens heraus.

Diese Kinder, das muss klar sein, waren keine schwachen Menschen. Sie waren in Schwierigkeiten, in Gefahr, sie waren benachteiligt, sie litten an zu geringer Selbstachtung – alles, was man sich nur denken kann. Gesellschaftlich war ich ihnen in jeder Hinsicht überlegen. Doch in einem größeren, schwerer in Worte zu fassenden Sinn waren sie mir mindestens ebenbürtig. Ich kann mir vorstellen, dass sie in manchem stärker als ich waren. Manchmal, wenn Natalia und ich uns gemeinsam einen Film ansahen, lehnte sie sich an meine Schulter, und dann spürte ich es deutlich, dass mein schmächtigerer Körper, meine knochige Schulter nicht groß genug waren für ihr Gewicht. So fühlte es sich an – dass ich einfach nicht groß genug war, um dem Mädchen zu geben, was es brauchte. Es gab Augenblicke schönsten Glücks mit ihnen; wenn ich ihnen zusah, wie sie unter dem Weihnachtsbaum ihre Geschenke auspackten, wenn ich ihnen Sandwiches machte, wenn ich Natalia auf einem Pferd sah oder Caesar beim Schwimmunterricht. Aber oft schien mir, dass ich nicht gut genug war, dass ich es falsch machte, es mir nicht gelang, zu ihnen durchzudringen, dass ich frustriert war, fehl am Platz – bestenfalls eine hoffnungsvolle Maus, die verzweifelt versucht, zwei Bärenjunge aus dem dicken doppelten Netz freizunagen, ein Netz übergeworfen von Kräften weit jenseits ihres winzigen Mäusehorizonts.

Sie wussten das, da bin ich sicher. Zweifellos verachteten sie mich bisweilen für mein Gefühl der Unzulänglichkeit, auch für meine Versuche, trotzdem Selbstvertrauen auszustrahlen, optimistisch zu sein, ihnen Mut zu machen, wenn ich selbst kaum weiterwusste. Aber sie unterstützten mich auch, und es gab Momente, da waren sie sehr lieb. Wenn ich oder Peter etwas tun wollten und nicht zurechtkamen – Essen auf den Tisch bringen, den Weg zum Streichelzoo finden, den störrischen Videorekorder dazu bewegen, dass er etwas abspielte –, wurden die Kinder manchmal ganz still, und wir spürten, wie sie gemeinschaftlich ihren Willen auf unsere Mühen konzentrierten und uns helfen wollten. Manchmal spürte ich ihre Großzügigkeit, sogar wenn sie nicht da waren, als stünden sie hinter mir, die Hände auf meinen Schultern. Ich fürchte mich vor dem Fliegen, und ich erinnere mich an einen panischen Augenblick auf dem Flughafen, in dem ich das Gefühl hatte, ich hielte meinen eigenen Verstand nicht mehr aus; das Einzige, was mich beruhigen konnte, war der Gedanke an Natalia auf ihrem Pferd, daran, wie aufrecht sie im Sattel gesessen, wie sie gelächelt hatte.

Gattino war schon seit beinahe zwei Monaten fort, als ich zu Besuch bei einer Frau war, deren Mann drei Jahre zuvor gestorben war. Sie war nach wie vor in tiefer Trauer, und diese

Trauer verstärkte ihre Neigung zum Mystizismus; ihr gegenüber spekulierte ich, ob die blaue Murmel, die mir in Italien so magisch erschienen war und die ich dann fortgeworfen hatte, etwas mit dem Verschwinden der Katze zu tun haben konnte. Statt mir etwas Vernünftiges darauf zu antworten, sagte diese trauernde Frau, sie kenne eine große Hellseherin, die vielleicht in der Lage sei, mir meine Frage zu beantworten. Ich antwortete Nein, ich wolle nicht noch mehr Geld für Hellseherinnen ausgeben. Die Frau sagte, die Hellseherin sei eine Freundin von ihr, sie werde einfach für mich fragen, da müsse ich keine ganze Sitzung zahlen.

Einige Wochen später bekam ich eine Email von dieser Hellseherin, in der sie schrieb, auf der blauen Murmel habe keinerlei Fluch gelegen, es sei auch kein Omen gewesen. Dass sie über den Boden gerollt sei, sei allerdings das Ergebnis einer auf sie konzentrierten psychischen Energie gewesen, ausgesandt von einem jungen Mann in Santa Maddalena; dieser junge Mann praktiziere Magie und habe in mir eine verwandte Seele entdeckt, eine Person, die Liebe brauche und die der Liebe in ihrem ganzen Ausdruck fähig sei. Er habe mir Gutes gewünscht, und die Energie dieses Wunsches sei es gewesen, welche die Murmel in Bewegung gesetzt habe. Es habe ursprünglich nichts mit Gattino zu tun gehabt, sei aber doch mit den Lebensumständen der Katze verknüpft, was vom spiritistischen Standpunkt interessant sei, denn die Murmel stehe symbolisch für das Auge, und dem Kätzchen fehle ein Auge.

Sie fügte hinzu, dass Gattino nicht tot sei; sie schrieb, ein »Stromer« habe sich seiner angenommen, einer, der sich mit Tierheimen und Zufluchtsstätten für Katzen im ganzen Land auskenne. Dieser Stromer habe meinen Kater in ein solches Asyl mitgenommen, und dort sitze er in diesem Augenblick wohlversorgt. Wenn ich ihn finden wolle, schlug sie vor, dann solle ich in solchen Heimen im Umkreis von fünfzig Meilen nachfragen.

Diese Information, schrieb sie, koste mich hundert Dollar.

Wenn mir jemand gesagt hätte, ich solle mich mit Scheiße einreiben und im Garten wälzen, wenn diese Person Katzenexpertin gewesen wäre und mir überzeugend dargestellt hätte, dass so etwas tatsächlich dazu führen könne, dass mein Kater zurückkehrte, dann hätte ich es vermutlich getan. Ich würde diese armselige Leichtgläubigkeit nicht als »magisches Denken« bezeichnen. Mir kam es nicht nennenswert anders vor als jedes andere Denken. Eher ging es darum, dass die normale, sichtbare Ordnung der Dinge unannehmbar für mich geworden war – sinnlos, genauer gesagt –, weil sie zu sehr im Widerspruch zu den Bedürfnissen meines verwirrten Verstandes stand. Andere Arten von Ordnung zeigten sich mir, schimmerten durch die brüchig gewordene bisher bekannte Ordnung und nahmen Gestalt darin an. Ich könnte bis heute nicht sagen, ob diese zusammengestoppelte Realität vollkommene

Einbildung war, das Produkt eines verzweifelten Willens – oder ob es die ungeschickte, unvollständige Deutung von etwas war, das tatsächlich existierte, etwas, an dem mehr war als der Teil, den ich ohne weiteres sehen konnte. So gesehen ähnelten die Symbole, die für mich Verbindungen herstellten – die Murmel, die Dinge, die ich von diversen Hellseherinnen zu hören bekam – den Statuen oder Ikonen, zu denen die Leute beten, die sie bei Umzügen durch die Straßen oder an Ketten um den Hals tragen. Doch die Statuen und Ikonen waren zugleich Kunstwerke, manchmal sehr schöne. Meine Symbole waren nichts Schönes, sie waren dumm und einfältig. Sie waren den Symbolen der Religionen verwandt, wie ein missgestaltetes, schwachsinniges Kind eine entfernte Cousine von einem wunderschönen Prinzen sein mochte. Aber verwandt waren sie.

Ich zahlte das Geld. Ich rief sämtliche Katzenheime im Umkreis von fünfzig Meilen an, und Peter half mir dabei. Viele, die ich kontaktierte, baten mich um ein Foto von Gattino, das sie dann zusammen mit meinen Kontaktdaten auf ihren Websites publizierten. Sofort bekam ich Mitteilungen von Leuten, die glaubten, sie hätten ihn vielleicht gesehen. Ich bekam auch Angebote von Leuten, die aus der Suche nach hoffnungslos verlorengegangenen Katzen ein Geschäft machten, darunter ein Privatdetektiv, der mit dem Flugzeug und Spürhunden kam – auf der Website waren ein freundlicher Pitbull und ein wachsamer Pudel zu sehen; in stolzer Pose rahmten sie ihr Herrchen ein. Auf jeder dieser Seiten wurde die hervorragende Arbeit der Anbieter durch eine Vielzahl zufriedener Kundenkommentare bezeugt. »Anfangs war ich skeptisch. Doch sofort als ich die Haustür aufmachte und Butch mit seinen zwei sanften Spürnasen sah, da wusste ich …«

Ich bekam auch eine Mail von jemandem, der des Englischen kaum mächtig schien, aber behauptete, er habe gesehen, wie jemand namens »Samuel« an einem »Gemeindezentrum« eine Katze mitgenommen habe; er habe Samuel erzählt, dass er die Suchanzeige für meinen Kater im Internet gesehen habe, und er habe sich Samuels Mailadresse besorgt, für den Fall, dass ich ihm schreiben wolle. »Samuel« wollte natürlich ein Bild von Gattino sehen, um sicherzugehen, dass er die richtige Katze habe, und als er das Foto hatte, schrieb er, ja, das sei eindeutig meine. Er habe, fuhr er fort, genau wie ich Gattino ins Herz geschlossen und habe ihn mit nach Hause nach Nigeria genommen; wenn ich ihm aber die Kosten für das Flugticket schickte, dann wolle er kommen und mir meinen Liebling wiederbringen. Ich gab die ersten Zeilen von »Samuels« Mail bei Google ein und stieß auf eine wütende Warnung vor ihm von einer Frau, die ihm tatsächlich das Geld geschickt und nie wieder von ihrer Katze gehört hatte.

Folgendes schreibt Leslie Fiedler über Simone Weil:

»Diese Welt ist die einzige Realität, die uns zugänglich ist, und wenn wir sie nicht in all ihrer Schrecklichkeit lieben, werden wir mit Sicherheit am Ende das ›Imaginäre‹ lieben, unsere eigenen Träume und Selbsttäuschungen, die Utopien der Politiker, die vergeblichen Versprechungen zukünftigen Lohns und Trostes, den die Verirrten blasphemisch ›Religion‹ nennen.«

Als ich das las, dachte ich: Jawohl, das bin ich – tief versunken in meine Träume von Murmeln, Vorzeichen, Hellseherinnen, immer in der Hoffnung, dass etwas mir und meiner Katze gnädig ist. Aber weiß man immer genau, was imaginär ist und was nicht? »Sentimental« zu sein wird von intelligenten Menschen als Schwäche verurteilt, aber schließlich steckt das Wort »Sentiment« darin, Gefühl. Im Menschenleben mischen sich falsche und echte Gefühle dermaßen, dass ich mich frage, ob es überhaupt jemanden gibt, der sie unterscheiden oder der sagen kann, wann sich vielleicht das eine im anderen verbirgt. Als mein Vater im Sterben lag, rief er nach Menschen, die nicht da waren, in einer Stimme, die wir nicht als die seine erkannten. Einmal sagte er: »Ich will meine Mama.« Als wir das hörten, erstarrten Jane und ich; beide fragten wir uns: Sollten wir versuchen, seine Mutter zu spielen? Martha war diejenige, die wusste, was zu tun war; sie nahm seine Hand und sang ihm etwas vor. Sie sang ihm ein Wiegenlied, und er fand Frieden. Er glaubte, seine Mutter sei bei ihm. War das ein Traum, eine Selbsttäuschung?

Ich fragte bei den drei jungen Männern nach, die mit mir in Santa Maddalena oder in der Nähe gewohnt hatten, ob einer von ihnen sich mit Magie beschäftige. Einer war ein Medizinstudent, der zudem ein weltweit beachtetes Buch über einen Kindersoldaten in Westafrika geschrieben hatte. Ich fragte zuerst per Email, ob ich ihn anrufen dürfe. Er kann sich wohl kaum ausgemalt haben, was dann kam: »Ich weiß, es ist eine merkwürdige Frage«, begann ich, »aber praktizieren Sie etwas, das man als Magie bezeichnen könnte?«

Es folgte ein langes Schweigen. »Meinen Sie das im wörtlichen Sinne?«, fragte er.

Darüber dachte ich nun wiederum nach. »Ja«, sagte ich. »Ich glaube schon.«

Nun kam ein dermaßen langes Schweigen, dass ich nicht anders konnte und ihm alles erklärte.

»Nun«, sagte er, »ich bete. Meinen Sie, das zählt?«

Ich antwortete: »Für mich schon, würde ich sagen. Aber ich glaube nicht, dass es das war, was die Dame meinte.«

Er nahm großen Anteil am Verlust von Gattino. Er sagte, er werde für mich beten. Ich dankte ihm und rief den Nächsten an.

Mein Vater und Martha hatten sich nie gut verstanden. Die Beziehung war kühl, fast feindselig; er behandelte sie schroff, und sie fühlte sich zurückgestoßen. Als er im Laufe der Jahre immer unglücklicher wurde und meine Mutter ihn schließlich verließ, versuchte er sich Martha zu nähern. Doch sie konnten aus ihren alten Zwängen nicht heraus. Bei einem unserer letzten Weihnachtsbesuche wurde ich Zeuge einer Szene zwischen ihm und Martha, die mir vorkam wie die kuriose Imitation eines grausamen Spiels zwischen einem Mädchen, das über beide Ohren in einen Jungen verliebt ist, der sich nichts aus ihr macht, und diesem Jungen selbst. Immer wieder fragte sie ihn, ob ihm das Geschenk, das sie ihm mitgebracht habe, gefalle. Und er habe sich wirklich, wirklich darüber gefreut? Und er werde es auch benutzen? Vielleicht wolle er es jetzt gleich ausprobieren? Und er antwortete steif, zunehmend abweisender. Sie benahm sich, als werbe sie um ihn, aber sie spielte die Verliererin so angreiferisch, dass sie es ihm praktisch unmöglich machte, mit etwas Liebevollem zu antworten oder überhaupt zu antworten. Welches Gefühl war hier real, welches der Traum oder die Selbsttäuschung? Es hatte eine Realität, etwas ging vor, und das war schrecklich mit anzusehen. Aber es war so verkleidet, dass man kaum sagen konnte, was es in Wirklichkeit war.

Und doch war, als er im Sterben lag, sie diejenige, die wusste, dass sie seine Hand halten musste; diejenige, die ihm vorsang.

Der zweite junge Mann, den ich anrief, ein ungarischer Schriftsteller, den ich außerhalb von Santa Maddalena kennengelernt hatte, antwortete ganz anders als der erste. »Ich habe Kräfte«, antwortete er mit Nachdruck, »aber ich habe nie wirklich gelernt, davon Gebrauch zu machen. Wenn ich etwas in Bewegung brächte, wäre es etwas Großes, zum Beispiel ein ganzes Haus. Aber eine Murmel – dafür bin ich nicht gut genug. Um etwas so Kleines zu bewegen, da bräuchte man mehr Geschick.«

Diese Antwort ließ mich immerhin lächeln; auf einer Party erzählte ich sie und dachte, sie würde die Leute amüsieren – aber tatsächlich nahm sogar jemand Anstoß daran. »Hört sich wie ein Idiot an«, sagte ein Filmproduzent, der es zufällig mit anhörte. »Da ist nichts Charmantes dran. Es klingt einfach nur vollkommen bescheuert.« Und dann beschrieb mir der Produzent, ganz Vernunft und Normalität, seine neueste Idee für eine Komödie: Ein Mann, der sehr jung geheiratet hat, ist jetzt mit dreißig auf Abenteuer aus. Seine Frau geht allein auf Reisen, und er findet sich in Gesellschaft einer schönen jungen Frau, die Interesse an ihm hat. »Endlich ist sie mit ihm allein, und sie zieht ihr Shirt aus, und sie hat unglaubliche Titten, riesengroße Titten, perfekt sind die, die schönsten großen Titten, die man je gesehen hat! Aber er sagt Nein und –«

Ich lachte, beinahe hysterisch. Ja, es war eine Komödie, und zwar tiefsinniger, als ihr Schöpfer sich vorstellen konnte, wenn der dramatische Höhepunkt die Zurückweisung schöner nackter Brüste war. Natürlich weist der Held diese Brüste im Namen der Treue zurück, und rational gesehen ist alles in schönster Ordnung. Doch dämpft man die kitschige Musik der Geschichte und sieht sich die Handlung an, wie der Produzent sie skizziert hatte, dann sieht man ein anderes, nüchterneres Stück. Ob es eine Komödie oder ein Drama ist, ein verlockendes oder ein perverses Bild, hängt davon ab, wie man zu nackten Brüsten steht, die ja in der ursprünglichsten, symbolischsten Sprache für Nahrung, Liebe und Verletzlichkeit stehen.

Meine Schwester bot meinem Vater Liebe an, in einer Form, die er nicht annehmen konnte, genau wie er mit zunehmender Verzweiflung meiner Mutter Liebe angeboten hatte, die sie nicht annehmen, ja nicht einmal erkennen konnte. In beiden Fällen ließ die Verbindung aus Reinheit und Perversion in dem Angebot ein seltsames

Muster entstehen; in beiden Fällen wurde das Muster durch die Abweisung erst vollkommen.

Hätte mein Vater sich gegenüber Martha anders verhalten, dann hätte er dieses Muster vielleicht durchbrechen können. Als Vater wäre er wohl derjenige gewesen, der es hätte versuchen müssen. Aber ich glaube, das konnte er nicht. Er kannte keine feinen Töne, wenn es um Gefühle ging. Seine Gefühle waren zu grob für Feinheiten.

Mit zweiunddreißig habe ich versucht, das Muster zu durchbrechen. Ich war zu Hause auf Besuch, und mein Vater hatte einen Tobsuchtsanfall; genauer gesagt schrie er meine Mutter an und hielt ihr all ihre Verfehlungen vor. Er machte das schon seit Jahren, und normalerweise schwieg die ganze Familie dazu und wartete einfach ab, bis er sich ausgetobt hatte. Diesmal schwieg ich nicht. Ich brüllte ihn an. Ich sagte ihm, ich habe es satt, mir seine Vorhaltungen anzuhören, in denen er anderen an allem die Schuld gab. Ich erwartete, dass er zurückbrüllte. Früher hätte ich sogar damit rechnen müssen, dass er mich schlug. Aber das tat er nicht. Er drehte sich um und ging davon. Ich folgte ihm, immer noch brüllend. Als Letztes schrie ich: »Es tut mir leid, dass ich so mit dir reden muss. Ich versuche es, weil ich eine echte Beziehung zu dir haben will. Willst *du* eine echte Beziehung zu *mir*?«

Er sagte »Nein« und schlug mir dann die Zimmertür vor der Nase zu.

Ich war wütend. Und ich fühlte mich bestätigt. Ich war im Recht und er im Unrecht. Trotzdem entschuldigte ich mich am nächsten Tag und wir redeten, ein paar Worte zumindest. Er nahm nichts von dem, was er gesagt hatte, zurück. Damit war ich mehr denn je im Recht. Mit vollem Recht schloss ich, emotional gesprochen, die Tür vor ihm.

Ich erzählte einem Freund von diesem Gespräch, einem älteren Mann, der selbst

Vater war. Er lachte und sagte: »Da hätte ich an seiner Stelle auch ›Nein‹ gesagt.«

Ich fragte warum. Ich weiß nicht mehr, was er antwortete. Aber ich hatte den Eindruck, dass mein Freund meinen Tonfall zu theatralisch, zu therapeutisch fand. Und das stimmte. Mein Vater hätte es bestimmt so gesehen. Aber das war gewiss nicht der einzige Grund gewesen, warum er sich abgewandt hatte. Meine Worte mochten ein Klischee gewesen sein, aber die Gefühle waren echt, sie waren nackt. Diese plötzliche, unverhüllte Offenheit, ohne auch nur einen Anstrich von Eleganz, das war für meinen Vater eine Form von Gewalt. Es musste ihn mit Macht an einer Stelle treffen, die er sein Leben lang geschützt hatte. Hätte er Ja gesagt, hätte er zu viel von dieser Heftigkeit zu nah an sich herangelassen. Indem er Nein sagte, schützte er seinen sicheren Ort.

Mein Vater hatte weiterhin seine Wutanfälle und gab stets anderen die Schuld an allem, was ihm widerfuhr. Bald nachdem ich ihm gesagt hatte, dass ich eine echte Beziehung zu ihm wolle, schrieb ich ihm einen Brief, in dem ich deutlich sagte, wie übel ich ihm sein Verhalten nahm. Bevor ich ihn abschickte, erzählte ich meiner Mutter davon. Sie antwortete, damit täte ich ihm wirklich weh. Sie sagte: »Mir hat er gesagt, ›Mary und ich haben eine echte Beziehung‹.« Damals dachte ich: wie traurig. Heute denke ich, er hatte recht. Unsere Beziehung *war* echt. Was ich gewollt hatte, war eine ideale Beziehung.

Als ein Wachmann namens Gino behauptete, er habe Gattino noch Monate nach seinem Verschwinden gesehen, fassten Peter und ich doch wieder den Glauben, er habe irgendwie einen Ort gefunden, an dem er überleben konnte, selbst wenn die Temperaturen bisweilen unter dem Gefrierpunkt gelegen hatten und es schwer genug gewesen sein musste, Nahrung zu finden. Ich hängte verschwitzte Kleider in die Büsche rund um unser Haus, in der Hoffnung, dass der Wind ihm die Witterung zutragen und er so den Weg nach Hause finden würde. Weiterhin streuten wir Futter an geschützten Orten in der Nähe der Parkplätze aus; außerdem »observierten« wir auch fast jeden Abend diese Orte, saßen im Auto, die Scheinwerfer auf die Futterstelle gerichtet. Wir sahen mindestens zwei Katzen, die dort fraßen, beide grau getigert, aber beide so groß, dass niemand sie für den schmächtigen Kater auf unserem Steckbrief hätte halten können. Nur ein einziges Mal sah Peter eine kleine, dünne Katze, die unsere gewesen sein könnte, aber sie duckte sich unter geparkte Autos, und er konnte sie nicht richtig sehen. Sie wollte eben wieder hervorkommen, da kam eine lärmende Studentenmeute, und sie huschte davon und verschwand unter den Wagen.

Allein schon diese Unternehmungen – auf den Parkplätzen warten, Kleider in die Büsche hängen – ließen mich wieder daran glauben, dass Gattino doch noch da war.

Bevor ich Gattino begegnete, vor meiner Italienreise, sprach ich mit Caesar am Telefon, und bei diesem Telefonat fragte er, wieso ich seiner Mutter Geld schickte. Ich hätte antworten können: Weil ich dich lieb habe und ihr helfen will, für dich zu sorgen. Stattdessen sagte ich: »Weil ich mich, als ich deine Mutter kennenlernte und sie mir erzählte, dass sie sechs Dollar vierzig die Stunde verdient, als Amerikanerin schämte. Ich finde, sie verdient mehr Unterstützung dafür, dass sie in unser Land gekommen ist und hier ein besseres Leben finden wollte.«

Er: »Was ist denn das für ein Scheiß?«

Ich: »Wieso?«

Er: »Ich weiß nicht, aber es ist echter Scheiß.«

Ich: »Versuch mal, es in Worte zu fassen.«

Er: »Das kann ich nicht.«

Ich: »Doch, das kannst du. Warum ist, was ich sage, echter Scheiß?«

Er: »Weil es gut genug ist, dass sie hergekommen ist und ein besseres Leben wollte.«

Ich: »Das stimmt. Aber sie sollte Anerkennung bekommen. Meine eigene Arbeit ist schwer, manchmal finde ich sie grässlich, aber ich bekomme Anerkennung dafür, und bei ihr sollte es auch so sein. Jemand anderes als ich sollte sie ihr geben, aber niemand tut es, deshalb mache ich es.«

Er: »Sie bekommt schon Anerkennung. Sie verdient jetzt besser.«

Ich: »Das ist gut. Aber sie braucht mehr als das.«

Er: »Das hört sich an, als täte sie dir leid.«

Ich: »Das tut sie mir auch. Was ist dabei? Manchmal tut Peter mir leid, manchmal tue ich mir selber leid. Daran ist doch nichts Schlimmes.«

Er: »Aber du redest von meiner Mutter, als ob irgendwas mit ihr nicht stimmt.«

Ich: »So habe ich das nicht gemeint.«

Er: »Du redest über sie, als wärst du was Besseres als sie.«

Einen Moment lang war ich still. Denn das denke ich tatsächlich – oder besser gesagt, so kommt es mir vor. Natürlich nicht vor Gott, nicht unsere Seelen. Doch gesellschaftlich gesehen, als Bewohnerin dieser Erde, da schon. Es ist nicht richtig, dass ich es so empfinde. Aber es ist so. Und es ist nicht zuletzt wegen der Dinge so, die Caesar und Natalia mir erzählt haben.

Er merkte, wie ich zögerte, und jetzt weinte er. Und so belog ich ihn. Natürlich wusste er, dass ich log.

Er sagte: »Zum ersten Mal schäme ich mich für meine Familie.«

Ich entschuldigte mich, versuchte ihn wieder aufzubauen. Er fragte mich, ob ich Geld von jemandem nehmen würde, der sich für etwas Besseres hielte als ich, und ich fand: »Ehrlich gesagt ja. Wenn ich das Geld bräuchte, würde ich so viel nehmen, wie ich könnte, und mir dabei sagen: ›Scheiß auf dich, dafür dass du dich für besser hältst als mich.‹«

Empört antwortete er mir, nie, niemals werde er so etwas tun.

Ich schnauzte zurück: »Sei dir mal nicht so sicher. Wart's nur ab.«

Er hörte mit dem Weinen auf.

Ich: »Caesar, das ist eine echte Krise. Meinst du, wir überstehen die?«

Er: »Ich weiß nicht.« Und dann: »Ja.«

Ich fragte ihn, ob er sich noch an den Tag erinnere, an dem wir im Zug gesessen hätten, er war damals erst sieben; er hatte gefragt, warum ich ihn lieb hätte, und ich hatte geantwortet, ich wisse es noch nicht. »Jetzt weiß ich warum«, sagte ich. »Und zwar deswegen. Du bist nicht einfach nur einer, der kleine Nettigkeiten hören will. Dir sind Dinge wichtig. Du willst wissen, was echt ist. Dafür liebe ich dich.«

Das war die Wahrheit. Aber manchmal ist die Wahrheit so traurig, dass man sie nicht aushalten kann. Es tue ihm leid, dass er so gewesen sei, und er versicherte mir, er sei müde. Ich fragte, ob er immer noch wütend auf mich sei. Er zögerte, dann sagte er: »Nein. Tief drin bin ich nicht wütend auf dich, Mary.«

Monatelang nach Gattinos Verschwinden träumte ich mindestens einmal die Woche von ihm. In meinem Traum stehe ich im Garten und rufe nach ihm, wie ich es getan hatte, bevor er verschwunden war, und er kommt gelaufen, wie er in Wirklichkeit immer gelaufen gekommen war: den Schwanz aufgerichtet, mit kleinen, eifrigen Sprüngen und am Ende mit einem Satz auf meinen Schoß. Oft sah er in dem Traum gar nicht aus wie er selbst, oft nahm er die Gestalt anderer Katzen an, die ich im Laufe meines Lebens gehabt habe. Einmal vermischte er sich in einem solchen Traum mit Caesar. In dem Traum stritten Caesar und ich uns, und ich wurde so wütend, dass ich den Mund aufriss und drohte, ihn zu beißen. Auch er öffnete seinen Mund und drohte seinerseits. Und als er das tat, sah ich, dass er die kleinen, spitzen Zähne eines Kätzchens hatte.

Als wir aus Italien zurück waren, kam Caesar zu Besuch. Wir waren müde und mussten für den Umzug packen. Wir hatten nicht so viel Energie für ihn, wie wir normalerweise haben; er spürte es sofort und nahm es uns übel. Er sagte: »Ihr seid anders.« Und er wurde rücksichtslos und feindselig, ein Verhalten, das sich mit zwölf Jahren ganz anders äußerte als seinerzeit mit sieben. Am zweiten Tag bei uns sagte er zu Peter: »Am liebsten würde ich dir die Eier abschneiden«; ich dachte, gleich würde Peter ihn die Treppe hinunterwerfen. Ein paar Tage später meinte er zu mir, ich hätte keine Kinder, weil ich beim Tierarzt gewesen sei, und der habe »was gemacht«; ich antwortete besonnen, doch zum ersten Mal empfand ich in meinem Herzen nichts mehr für ihn.

Am selben Abend rief er vom Bett aus, er bekomme keine Luft. Ich brachte ihm seinen Inhalator und rieb ihm die Brust ein. Über eine Stunde lang brüllte er, rang sich Husten ab, laut und melodramatisch. Ich ging in sein Zimmer und setzte mich zu ihm. Ich sagte ihm, ich wisse, dass er das Asthma spiele, und ich wisse auch, dass es im Augenblick kein Vergnügen sei, bei uns zu sein, und der Besuch kein Erfolg. Ich erklärte ihm, ich könne nur mit Mühe schlafen und sei sehr erschöpft, was auch ein Grund sei, weshalb ich mich nicht so um ihn kümmern könne, wie ich es gern würde. Ich legte ihm die Hand auf den Bauch und wies ihn an, dort zu atmen. Das tat er. Wir redeten über den Harry-Potter-Film, den wir am Abend zuvor gesehen hatten. Wir sprachen von der Vorstellung eines alternativen Universums und malten uns aus, was dort in jenem Augenblick gerade vorgehen mochte. Jetzt fühlte ich mich ihm wieder verbunden. Er schloss die Augen und atmete gleichmäßig. Es war ein Uhr, als ich das Zimmer verließ. Am nächsten Morgen um sechs weckte er mich und forderte meine Hilfe beim Aufdrehen der Dusche.

Im März, drei Monate nach Gattinos Verschwinden, bekam ich um drei Uhr morgens einen Anruf von Gino dem Wachmann, der berichtete, er habe ihn gerade auf dem Parkplatz gesehen. Ich zog den Mantel über den Schlafanzug, stieg ins Auto und war binnen Minuten dort. Gino und ein weiterer Wachmann patrouillierten aufgeregt mit ihren Stablampen, zeigten auf die schattenhafte Figur einer Katze unter dem hintersten in einer Reihe geparkter Wagen. Als ich mich näherte, ergriff die Katze die Flucht.

»Da läuft er!«, rief Gino. Und er wies mit dem Strahl seiner Lampe auf die dicke gescheckte Katze, die wir schon seit Monaten sahen.

»Das kann er nicht sein«, sagte der andere Wachmann. »Der da hat zwei Augen.«

»Nein, hat er nicht!«, beharrte Gino. »Ich habe ihm ins Gesicht geleuchtet und habe es gesehen!«

Ein paar Abende später unterhielt ich mich mit einem weiteren Angestellten vom Sicherheitsdienst, einem verschlossenen älteren Mann, der mir früher einmal gesagt hatte, er habe meinen Kater gesehen. Ich fragte ihn, wann er Gattino zum letzten Mal gesehen habe. Er antwortete, es müssten drei Monate sein – vielleicht länger. »Viele Katzen habe ich in letzter Zeit nicht gesehen«, sagte er. »Aber ich will Ihnen sagen, was ich gesehen habe. Ein großer Rotluchs streicht hier nachts über den Campus, überall. Der und eine Menge Kojoten.«

Mir war klar, was er mir sagen wollte. Ich antwortete nicht viel darauf. Ich sagte mir, dass es immerhin ein Tod war, den ein Tier verstehen würde.

Nicht während des ganzen Besuches benahm sich Caesar schlecht. Er liebte Gattino; mit Begeisterung hörte er sich die Geschichte von seiner Krankheit und seiner dramatischen Flucht aus Italien an. Als eine Freundin von Peter zum Abendessen kam, kaufte er spontan von seinem eigenen Geld in einer Konditorei, wo er sich Limonade holen wollte, vier Cannoli. »Das soll was ganz Besonderes für uns sein«, sagte er. Und als die Zeit für den

Nachtisch gekommen war, sagte er: »Moment, ich mache es noch fertig!« Und er servierte uns das Gebäck garniert mit Blaubeeren, offenbar eine Inspiration in letzter Minute. Doch als Peters Freundin ihm per Mail ein Gedicht als Dank für die Cannoli schickte, war seine Antwort: »So eine blöde Kuh. Was ist denn das für eine blöde Kuh, die so was für jemanden schreibt, den sie überhaupt nicht kennt?« Als Schulaufgabe über die Ferien sollte er drei Bücher lesen und Zusammenfassungen schreiben, aber er hatte nichts gemacht. Ich wusste, dass er eine gekürzte Ausgabe von *Lockruf der Wildnis* gelesen und sehr gemocht hatte. Also ließ ich ihn seinen Aufsatz darüber schreiben. »Ach, Mann …«, maulte er. Aber er arbeitete fast eine Stunde lang daran. Als er fertig war, las ich es durch und zeigte ihm, wo die Fehler waren, wo er klarer oder ausführlicher sein musste. Gut eine halbe Stunde verbrachte er mit der Überarbeitung. Er zeigte mir den Aufsatz stolz – und mit Recht, denn er war gut geworden. Einen Monat später erfuhr ich, dass er ihn nie eingereicht hatte.

Nach Caesars Besuch sprach ich mit Natalia. Sie wollte wissen, wie es gegangen war. Ich sagte, ich sei wütend auf ihn, weil er seine Schularbeiten nicht abgegeben habe. Einen Lidschlag lang Schweigen am anderen Ende, dann meinte sie: »Das würde mich auch ärgern.« Sie sagte es mit etwas wie einem Lächeln in der Stimme. Zweierlei Lächeln sogar: Spott und die Erleichterung darüber, dass sie sich über die Einfalt der Erwachsenen lustig machen konnte. Vielleicht freute sie sich auch einfach, dass sie für den Augenblick, den sie brauchte, um den Satz zu sagen, zu meinem Team gehörte; wir waren schon eine ganze Weile nicht mehr im selben Team gewesen.

Nachdem sie mehrmals von zu Hause weggelaufen war, hatte man Natalia in eine Wohngruppe gesteckt; sie galt als zu wild für eine Pflegefamilie. Sie war jetzt seit zwei Jahren dort. Im ersten Jahr hatten wir ihr noch einmal einen Platz in dem Lager verschaffen können, in dem es ihr so gut gefallen hatte, und wir hatten gehofft, diesmal würde es besser klappen, nun wo sie nicht mehr bei ihrer Mutter wohnte. Anfangs sah es ganz so aus. Wieder waren die Betreuer begeistert von ihr; wieder wurde sie ins Teen-Leadership-Programm aufgenommen. Nach ein paar Monaten machte sie nicht mehr mit. Sie blieb ohne Entschuldigung fort, schwänzte die Schule, trieb sich auf der Straße herum. Jedes Wochenende fuhr sie nach Hause zu ihrer Mutter, auch wenn sie sich jedes Mal heftig stritten.

Schließlich verkündete ihre Mutter, wenn Natalia es schaffe, drei Monate am Stück ohne Verstoß zu leben, wenn sie zur verabredeten Zeit nach Hause komme und wieder in die Schule gehe, dann könne sie wieder bei ihr wohnen. Natalia gehorchte, drei volle Monate lang. Der Gerichtstermin wurde anberaumt. Alle rechneten damit, dass es nur eine Formsache war. Die Richterin fragte Natalias Mutter, ob sie ihrer Tochter die Rückkehr nach Hause gestatte. Und ihre Mutter lachte. Ihre Mutter lachte und sagte: »Nie im Leben würde ich das Mädchen wieder bei mir aufnehmen.« Die Sozialarbeiterin erzählte mir, Natalia habe geschrien wie ein Tier. Sie erzählte, Gerichtsdiener hätten sie festhalten müssen. Caesar sei dabei gewesen und habe mit seiner Mutter gelacht. So etwas habe sie noch nie erlebt.

Die Sozialarbeiterin, die mir berichtete, was bei Gericht vorgefallen war, berichtete mir auch, was sie zu Natalia gesagt hatte: »Du musst deine Mutter nehmen, wie sie ist; sie wird sich niemals ändern.« Was für eine Bürde, diese Gewissheit für ein junges Mädchen. Wenn Natalia tatsächlich eine solche Gewissheit mit fünfzehn in sich aufnahm – und ich habe den Verdacht, dass es sogar früher als mit fünfzehn war –, wie konnten da die feineren Dimensionen des Wissens, das Lesen, Schreiben, die Rechenaufgaben, ihr anders als trivial vorkommen? Was wird aus ihr, wenn sie diese Frau annimmt, die sie misshandelt? Inzwischen ist sie sechzehn und soll demnächst endlich zu Pflegeeltern kommen. Sie fährt immer noch jedes Wochenende zu ihrer Mutter. Sie wird immer wieder aufs Neue dorthin zurückkehren. Ich vermute, sie wird es in der einen oder anderen Form noch tun, wenn ihre Mutter längst nicht mehr da ist.

Wie dumm von mir zu glauben, ich könne dieses Muster durchbrechen, wo ich mein eigenes nicht durchbrechen konnte. Ich kann auf Anhieb gar nicht sagen, wie oft ich in den Jahrzehnten vor meiner Ehe etwas wie eine Beziehung von jemandem gewollt oder gefordert habe, der mir die Tür vor der Nase zugeschlagen, sie dann wieder geöffnet und hinausgespäht hat. Ich klopfte – metaphorisch gesprochen – an die Tür und folgte dem- oder derjenigen durch endlose Zimmerfluchten. Zumindest ein paarmal öffnete sich diese Tür und ich verliebte mich – und verlor dann vollkommen das Interesse. In solchen Fällen schien mir, dass meine Gefühle unecht waren, und dies von Anfang an – aber der Schmerz des Zurückstoßens oder Zurückgestoßenwerdens, der fühlte sich sehr echt an. Da half es nichts, wenn ich einsah, dass ich für den Ausgang ebenso sehr verantwortlich war wie die, denen ich nachgestellt hatte, vielleicht sogar mehr als sie, da ich oft so fordernd »den Verlierer spielte«, dass ich den anderen bei ihrer Antwort kaum eine Wahl ließ.

Wenn ich über meine Beziehung zu den Kindern rede, darüber, wie frustrierend sie ist, sagen Leute manchmal: »Aber du zeigst ihnen einen Ausweg.« Tue ich das wirklich? Tiefer, als meine aufmunternden, idealistischen Worte gehen, geht die Erfahrung der verschlossenen Tür, die Verzweiflung, wenn man darauf besteht, dass sie sich öffnen soll – ein Mangel an Emotionen, gefolgt von einer zwanghaften Reaktion, die selbst eine

Form von Mangel ist. Selbst wenn sie es nicht in Begriffe fassen können, spüren die Kinder das, da bin ich mir sicher.

Und ich bin mir auch sicher, dass sie das Wahre, Lebendige spüren, das irgendwo in diesem falschen Spiel verborgen liegt – wenn »Spiel« das richtige Wort für das ist, was ich beschrieben habe. Ein Spiel ist etwas Bewusstes, mit klar gesetzten Regeln und Zielen, auf die alle Beteiligten sich geeinigt haben. Was ich zu oft erfahren habe, in meinem Inneren oder auch mit anderen, war eine halb bewusste, immer wieder wechselnde Vermischung aus Wahr und Falsch, Koketterie und Beklommenheit, flammenden Emotionen und deren vollkommener Abwesenheit. Mir schien es weniger ein Spiel, eher war es, als ob ich, mit anderen oder allein, durch ein Labyrinth aus widersprüchlichen Impulsen irrte, aus komplexen, einander durchdringenden Mustern, auf der Suche nach einer Begegnung oder bemüht, eine Begegnung zu vermeiden, beides zugleich. Trotz allem bin ich dabei manchmal mit Menschen zusammengekommen, und das liebevoll. Ich habe so meinen Mann kennengelernt, beinahe durch Zufall. Und manchmal, auch nach zehn Jahren, merken wir beide immer noch, dass wir auf getrennten Wegen unterwegs sind, jeder für sich allein.

Und so gehe ich mit den Kindern ins Kino und ins Theater; ich schicke ihnen Bücher, höre ihnen zu, halte ihnen Vorträge zu ihren Hausaufgaben, helfe ihnen immer noch manchmal dabei. Ich habe Natalia ein Buch gewidmet und ihr ein Exemplar geschickt, damit sie ihren Namen darin lesen kann. Ich glaube, ich werde nie wirklich wissen, welche Auswirkungen all diese Dinge auf sie und auf Caesar haben, gute oder auch schlechte. Ich handle beinahe blind und kann nur hoffen, dass das meiste davon zum Guten ist.

Auch das eine Erfahrung, die mein Vater kannte.

Einmal, ich muss damals ungefähr vierzig gewesen sein, rief mein Vater an, um mir zu sagen, er habe ein Bild gefunden, das ich gezeichnet hätte, als ich sieben war, und es zeige »echtes Talent«. Er habe es rahmen wollen, berichtete er, und dann sei es ihm wieder verlorengegangen; er habe überall gesucht, sei in Panik gewesen. Dann sei ihm eingefallen, es könne zwischen Zeitschriften geraten sein, die er in eine Recyclingtonne geworfen habe – er war zu der Tonne gegangen, die voller Müll und umschwärmt von Wespen war, und hatte bestimmt eine Stunde nach dem Bild gesucht. Er fand nichts. Doch jetzt, einen Monat später, hatte er es in einem anderen Stapel Papier wiedergefunden. Er war glücklich und erleichtert, und das wollte er mir sagen. Ich weiß nicht mehr, was ich geantwortet habe. Ich weiß nur, dass mir der Ton seiner Stimme nicht anders vorkam, als hätte er zum x-ten Male angerufen, um zu verkünden, dass er sich umbringe, oder um mich zu überreden, ich solle meine Mutter dazu bringen, zu ihm zurückzukehren, oder um mir zu sagen, dass seine Kinder ihm sein ganzes Leben vergällt hätten, oder Tiraden über einen Nachbarn loszulassen, der Lärm machte.

In der Familie waren sich alle einig, dass unser Vater verrückt war, manisch, besessen von Dingen wie Gutscheinen oder Sonderangeboten für Toilettenpapier. Und das stimmte. Es war nicht leicht, in seinen Worten Gefühle zu hören, weil seine Stimme, alles, was er sagte, immer aufgeregt war, gehetzt, so angespannt, dass die Gefühle verlorengingen.

Nach seinem Tod fand ich die Zeichnung, von der er erzählt hatte. Er hatte sie gerahmt und aufgehängt; ich musste vorher bei Besuchen daran vorbeigekommen sein. Aber ich hatte sie nie gesehen. Meine Gefühle waren genauso verlorengegangen wie die seinen. Ich saß mit dem Bild da und weinte.

Am Ende von Caesars letztem Besuch chauffierten wir ihn zurück in die Stadt. Ich dachte, er schliefe auf dem Rücksitz, und sinnierte mit Peter über die Liebe der Menschen, wie pervers und grausam sie einerseits sein kann, wie offen und rein biologisch andererseits. Leichtfertig sagte ich: »Vielleicht gibt es sie in Wirklichkeit gar nicht.« Sofort traf mich ein Stofftier am Kopf und landete in meinem Schoß, eine lächelnde kleine Kuh, die Caesar am Tag zuvor auf dem Jahrmarkt für mich erobert hatte. »Und wie nennst du das?«, fragte er. Ich lachte und dankte ihm.

Die Liebe als billiges Stofftier, das uns an den Kopf fliegt – ein wunderbares Bild und die reine Wahrheit. Doch das Bild für die Liebe, das mich am meisten rührt, ist das von einem verirrten, hungrigen kleinen Tier, das umkommt bei dem Versuch, in der Kälte wieder nach Hause zu finden. Es ist nicht wahrer als das andere. Aber es rührt mich mehr.

Andererseits mag es falsch sein, das Gewicht eines solchen Bildes der Erinnerung an etwas so Kleines und Leichtes wie einem Kätzchen aufzubürden. Es mag falsch gewesen sein, meinen Vater durchs Haus zu jagen und nach »einer echten Beziehung« zu brüllen; es mag sein, dass es sogar noch schlimmer ist, wenn ich immer weiter bohre und frage, was er erfahren hat und was es bedeutete, und das in aller Öffentlichkeit. Mit Sicherheit war es falsch, Menschen dazu zu bringen, dass sie immer wieder dieses Drama nachspielen, ob nun freiwillig oder nicht, ob ich wusste, was ich tat, oder nicht. Mag sein, dass es falsch ist zu denken, ich hätte Caesar und Natalia »verloren«, weil sie nicht tun, was ich mir von ihnen wünsche. Und ebenso mag es sein, dass ich sie dadurch, dass sie sich lieber schaden wollen, dass sie absichtlich versagen und vieles von dem, was ich ihnen geben kann, zurückweisen, tatsächlich verlieren soll; ich weiß es nicht.

Ich habe einmal eine Geschichte von Tschechow gelesen, in der es von einer Nebenfigur hieß, sie versuche »mehr vom Leben zu bekommen, als es geben kann«; vielleicht ist aus mir ein solcher Mensch geworden, nicht in der Lage, sich mit dem abzufinden, was von sich aus da ist, jemand, der immer alles aufreißen muss, um dahinterzukommen, was »echt« ist, obwohl ich nicht einmal weiß, was »echt« überhaupt bedeutet; jemand, der nicht in der Lage ist, den Respekt, die Würde zu wahren, nicht zu viel zu verlangen, nicht zu genau hinzusehen bei den Dingen des Herzens, die, wie man es auch anstellt, schließlich niemals ganz zu sehen oder zu begreifen sind.

Bei dem Gedanken senke ich beschämt den Blick. Dann denke ich wieder, das Leben kann einem doch eine Menge geben. Wenn man nicht in das Herz hineinsehen kann, wie man es auch ansieht, warum soll man es dann nicht ansehen? Warum nicht sehen, so viel man kann? Wieso soll das unanständig sein? Wenn einem nur ein einziger Blick gewährt ist, warum soll man dann nicht hinsehen, so gut man kann? Eine verirrte Katze würde sich nicht fragen, ob es zu viel erwartet ist, wenn sie Nahrung und Zuflucht will, sie würde nicht überlegen, welche Menge an Nahrung und Zuflucht angemessen wäre, oder von wem sie zu erwarten sind. Sie würde schlicht versuchen, sie zu bekommen, bis zu dem Augenblick, in dem sie stirbt.

Zu der Zeit, als ich schließlich die Hoffnung verlor, Gattino wiederzufinden, fuhr ich nach Montana zu einer Lesung an einer dortigen Universität. Das Fenster meines Hotelzimmers ging auf einen Fluss, und eines Tages, als ich dort stand und hinausstarrte, kamen Leute unten am Flussufer vorbei, Leute mit einem Hund. Der Hund war ganz aufgeregt, und der Besitzer ließ ihn von der Leine. Er rannte los und sprang mit einem großen Satz ins Wasser, begeistert mit weit ausgestreckten Beinen. Ich lächelte und dachte »Gattino«, und dieses eine Mal war es ein tröstender, kein trauriger Gedanke. Ich dachte: Selbst wenn er tot ist, ist er immer noch da in diesem begeisterten, weit ausgestreckten Sprung.

Diese Idee war mit Sicherheit eine Illusion, eine Selbsttäuschung. Aber der Hund war es nicht. Der Hund war echt. Genauso wie Gattino.

Zur Autorin und zu ihrem Übersetzer

Mary Gaitskill, geboren 1954 in Lexington, Kentucky, wurde bekannt durch ihren Erzählband *Schlechter Umgang*, aus dem auch die Erzählung *»Secretary«* stammt, die von Steven Spielberg unter dem Titel *Secretary – Manchmal muss Liebe weh tun* verfilmt wurde. Ihre Prosa besticht durch ihre Offenheit in persönlichen Belangen. Mary Gaitskill lebt in Rhinebeck, New York.

Manfred Allié, geboren 1955 in Marburg, übersetzt seit über 20 Jahren Literatur, u.a. Edith Wharton, Scott Bradfield, Ralph Ellison, Richard Powers, Yann Martel, Michael Innes und Patrick Leigh Fermor. Für seine Übersetzung von Patrick Leigh Fermors *Die Zeit der Gaben* erhielt er 2006 den Helmut-M.-Braem-Übersetzerpreis.

Zum Buch

»Der Kater hatte Mumm. Mehr als ich. Mehr als die meisten Menschen.«

Mary Gaitskill ist in der Toskana bei Beatrice von Rezzori zu Besuch, die dort zum Andenken an ihren Mann Gregor einen Rückzugsort für Schriftsteller geschaffen hat. Als Mary in der Umgebung auf ein kleines krankes Kätzchen trifft, versorgt sie es aus Mitleid. Nach und nach erobert der kleine Kater ihr Herz. Sie tauft ihn Gattino und nimmt ihn aus Italien mit nach Hause in die USA.

Wenige Monate nach ihrer Rückkehr ist Gattino eines Tages wie vom Erdboden verschluckt. Die Suche nach dem verschwundenen Kater wird für Mary zu einer Suche nach sich selbst und ihren Erwartungen an das Leben.